LE SERPENT DIEU DE JOKLUN-N'GHAR

SÉRIE « SF Jimmy GUIEU »

Déjà parus

N° 1 – Au-delà de l'infini
N° 2 – Les monstres du néant
N° 3 – L'invasion de la Terre
N° 4 – Les Êtres de feu
N° 5 – Hantise sur le monde
N° 6 – Convulsions solaires
N° 7 – L'Univers vivant
N° 8 – Réseau dinosaure
N° 9 – La Dimension X
N° 10 – Chasseurs d'hommes
N° 11 – La spirale du temps
N° 12 – Nous les Martiens
N° 13 – Le monde oublié
N° 14 – Mission « T »
N° 15 – L'homme de l'espace
N° 16 – L'Ère des Biocybs
N° 17 – Opération Aphrodite
N° 18 – Expérimental X-35
N° 19 – Commandos de l'espace
N° 20 – Planète en péril
N° 21 – L'Agonie du verre
N° 22 – Univers parallèles
N° 23 – La Grande Épouvante
N° 24 – Nos Ancêtres de l'Avenir
N° 25 – L'Invisible Alliance
N° 26 – Prisonniers du Passé
N° 27 – Piège dans l'espace
N° 28 – Les Portes de Thulé
N° 29 – Le Secret des Tshengz
N° 30 – Refuge cosmique
N° 31 – Demain l'apocalypse
N° 32 – Les Destructeurs
N° 33 – Les Forbans de l'Espace
N° 34 – La mort de la Vie
N° 35 – Joklun-N'Ghar la maudite
N° 36 – Le Règne des Mutants
N° 37 – Traquenard sur Kenndor
N° 38 – Cité Noé N° 2
N° 39 – Le Grand Mythe
N° 40 – Les Orgues de Satan
N° 41 – Expédition cosmique
N° 42 – Les Cristaux de Capella
N° 43 – Les Maîtres de la Galaxie
N° 44 – Opération Ozma
N° 45 – Les Rescapés du néant
N° 46 – L'Exilé de Xantar
N° 47 – L'Age noir de la Terre
N° 48 – Le Retour des dieux
N° 49 – Les pièges de Koondra
N° 50 – Les Sept sceaux du Cosmos
N° 51 – Les fugitifs de Zwolna
N° 52 – La terreur invisible
N° 53 – Le bouclier de Boongoha
N° 54 – L'ordre vert
N° 55 – Le triangle de la mort
N° 56 – Créatures des neiges
N° 57 – La force sans visage
N° 58 – La colonie perdue
N° 59 – Plan catapulte
N° 60 – La voix qui venait d'ailleurs
N° 61 – La charnière du temps
N° 62 – Les Légions de Bartzouk
N° 63 – Enjeu cosmique
N° 64 – La mission effacée
N° 65 – Opération Neptune
N° 66 – Les germes du chaos
N° 67 – Les veilleurs de Poséidon
N° 68 – Le Maître du temps
N° 69 – Manipulation Psi
N° 70 – Les Krolls de Vorlna
N° 71 – La stase achronique
N° 72 – Oniria
N° 73 – La lumière de Thot
N° 74 – Les yeux de l'épouvante
N° 75 – La clé du Mandala
N° 76 – Hiéroush la planète promise
N° 77 – Le rayon du cube
N° 78 – Les sphères de Rapa-Nui
N° 79 – La caverne du futur
N° 80 – Projet King
N° 81 – Trafic interstellaire
N° 82 – L'arche du temps
N° 83 – Les fils du Serpent
N° 84 – Le pionnier de l'atome
N° 85 – Échec aux Végans
N° 86 – Spoutnik VII a disparu
N° 87 – Magie rouge
N° 88 – Les Rebelles de N'Harangho

science fiction

SF

JIMMY GUIEU

Grand Prix du Roman Science-Fiction 1954
Prix du Roman Esotérique 1969
Grand Prix du Roman S.F. Claude Auvray 1973

LE SERPENT DIEU DE JOKLUN-N'GHAR

en collaboration
avec Richard Wolfram

VAUGIRARD

Coordination : Raymond Audemard

Illustration de couverture : Jean-Louis Morelle

ISBN : 2-285-00924-0
ISSN 0-242-3715

CHAPITRE PREMIER

L'espace était vide à cette distance de l'étoile jaune, pas plus grosse que le Soleil, qui constituait l'un des plus lointains bastions de l'empire terrien interstellaire, vaste confédération dont le gouvernement central administrait un demi-millier de systèmes.

Soudain, l'espace ne fut plus vide. Un objet, minuscule à l'échelle cosmique, venait de surgir du néant : le *Maraudeur*, puissant astro-cargo de la *Baker Blade Import Export Co.* Aux commandes se tenait son flamboyant commandant, Red Owens, dont le mauvais caractère était réputé des bouges de Rigel III à ceux de N'itan Hoor.

— Réémersion parfaite, apprécia Ronny Blade en levant son verre de R'Toox dont la surface était encore creusée d'un vortex lévogyre. Mais je ne comprendrai jamais pourquoi le mouvement qui se crée dans les liquides lors d'une résurgence est inverse de celui consécutif à une plongée.

— Simple question de logique, intervint William Baker, son associé au sein de la *B. and B. Co*. Ce mouvement traduit le changement d'état qui se produit alors. La translation subspatiale provoque un déplacement rapide dans une dimension de notre monde où les distances s'avèrent nettement plus réduites que dans celles qui nous sont accessibles en temps normal. Le nouveau générateur hyperspatial dont notre *Maraudeur* est équipé nous permet, lui, d'accéder à une autre dimension, dont la nature est grossièrement la même, mais où les distances sont *encore plus réduites*.

— Tout cela ne nous explique pas le changement de sens des tourbillons, coupa Andy Sherwood, le quatrième homme présent dans le poste de pilotage.

Baker lui dédia un sourire condescendant.

— Les vortex qui apparaissent dans les liquides sont en quelque sorte la traduction tridimensionnelle de mouvements se produisant « ailleurs ». Certains scientifiques parlent de « ricochets d'inertie ». On ne leur a encore trouvé aucune application pratique — et encore moins monnayable.

— Je vois, fit Blade en se désintéressant de la question.

Sur le grand écran panoramique, l'image

plongea en un *zoom* vertigineux vers le croissant lumineux qui en occupait le centre. Celui-ci grandit et, la vision infrarouge aidant, devint un disque vert et bleu où dérivaient des chapelets de nuages effilochés.

— Joklun-N'Ghar, commenta Red Owens. *Joklun-N'Ghar la Maudite!*

Andy Sherwood tressaillit.

— La Maudite? répéta-t-il.

Blade et Baker échangèrent un regard lourd de sous-entendus. Abandonnant ses commandes — l'approche se faisait en vol automatique —, Red Owens fit pivoter son fauteuil anti-g pour participer à la conversation.

— C'était son surnom quand nous y sommes venus pour la première fois. Ça remonte à sept ou huit ans. Elle venait tout juste d'être ouverte à la colonisation, mais de nombreux incidents et accidents s'y étaient déjà produits. Quand les vaisseaux d'exploration avaient atterri, l'un d'eux avait cassé du bois, et plusieurs personnes avaient été tuées au cours de missions au sol.

— On s'est d'ailleurs servi de cette réputation pour tenter de nous impressionner, lors de notre précédent séjour, fit Ronny Blade. Le territoire qu'on nous avait accordé en concession incluait les Montagnes Bleues, dont le nom exact est Montagnes des Diamants Bleus, où un nommé Bert Woodson exploitait clandestinement une mine richissime, à l'aide de N'Ghariens transformés en zombis par conditionnement psychique. Cet esclavagiste d'un nouveau genre tenta de nous faire renoncer à nos projets pour continuer en paix son odieux trafic...

— Notre guide lui-même, un nommé Xundag, était à sa solde, compléta William Baker. Chaque fois que nous tentions d'entrer en contact avec les tribus primitives réparties sur notre territoire, celles-ci s'enfuyaient dans la jungle. Xundag, qui était aussi notre interprète, nous faisait passer auprès d'elles pour des négriers venus chercher de la main-d'œuvre...

— Culotté, commenta Andy Sherwood.

Les deux businessmen et le pacha acquiescèrent, tandis que repassaient dans leur esprit les principales étapes de cette aventure déjà ancienne. Ils en avaient vécu beaucoup d'autres depuis, mais Joklun-N'Ghar les avait marqués à jamais de son empreinte.

— Aujourd'hui, c'est la *B and B Co* qui exploite cette mine, employant des travailleurs libres, conclut Baker. Quant à Woodson, il a été condamné à vingt années de bagne sur Yaggar-T'Sheng. Les juges ne plaisantent pas avec les infractions aux lois qui interdisent le conditionnement des autochtones.

— Et tu sais quel était son poste, sur Joklun-N'Ghar? demanda Red Owens à Sherwood. Responsable du service de la main-d'œuvre au centre de Coordination planétaire de Nylghur! Censé recruter les indigènes et défendre leurs droits, il avait au contraire cherché à les exploiter au maximum.

— La conscience professionnelle se perd, mon bon monsieur, ironisa le quatrième associé de la *B and B Co*.

L'astroport comptait désormais une douzaine de pistes d'atterrissage bétonnées, sur lesquelles se dressaient les silhouettes ventrues de plusieurs cargos minéraliers et les minces flêches de yachts spatiaux. Cinq patrouilleurs de la « Spatiale » étincelaient en bordure du terrain. Les bâtiments administratifs dessinaient un demi-cercle d'environ cinq cents mètres de long; à une extrémité se trouvaient les entrepôts de transit et à l'autre la caserne de la police spatiale. Au milieu s'érigeait une élégante tour de contrôle vitrée, à l'extrémité bulbeuse hérissée d'antennes paraboliques.

— Quand nous sommes venus ici pour la première fois, commenta Ronny Blade, il n'y avait qu'une double piste en T et quelques baraquements préfabriqués.

— C'était il y a sept ans, rappela William Baker. Enfin, si j'en juge par la prospérité dont témoigne cet agrandissement de l'astroport, nous n'avons pas fait une mauvaise affaire en louant ces concessions sur Joklun-N'Ghar. D'autant plus que notre territoire est considéré comme l'un des plus riches de ce continent.

— Voilà la Spatiale, intervint Andy Sherwood en désignant un turbo-car qui approchait dans le matin paisible.

— Je me demande si Lex Sullivan commande toujours le détachement local, murmura Baker. Il était, ma foi, fort sympathique et je serais heureux de le revoir.

— D'autant plus que, dans ce cas, les formalités seront réduites au minimum, fit Red Owens. Venez, allons les accueillir.

L'ascenseur de coupée les déposa sous le ventre métallique de l'astronef géant à l'instant même où le véhicule stoppait dans un grand crissement de pneus. Cinq hommes en sortirent, vêtus de collants d'uniforme bleu clair.

— Sullivan est là, annonça Blade à Sherwood.

— Mais il est monté en grade, si j'en juge par ses galons, observa Baker. Contre-amiral, belle promotion !

L'officier de la Spatiale s'immobilisa à deux mètres des quatre associés, un grand sourire sur son visage bronzé.

— C'est un plaisir pour moi de vous souhaiter à nouveau la bienvenue sur Joklun-N'Ghar, messieurs, dit-il en s'inclinant. Personne, ici, n'a oublié comment vous avez démantelé le trafic de cette crapule de Woodson, et moi moins que tout autre.

— Merci de votre accueil, contre-amiral, répondit Baker.

Sullivan lui jeta un regard amusé.

— Vous vous demandez comment un capitaine de frégate a pu monter si vite en grade, n'est-ce pas?

— J'avoue que cela m'intrigue. L'avancement est en général plutôt poussif sur les planètes-frontières.

— J'ai été promu l'année dernière, suite à une affaire de trafic d'œuvres d'art locales. Des contrebandiers pillaient littéralement les temples des Ophiolâtres, n'hésitant pas à tuer les indigènes qui tentaient de s'interposer. Le produit de leurs rapines était exporté vers la Terre et Nyam-Jung V. Mon navire réussi à les torpiller un instant avant qu'ils ne plongent dans le subespace, détruisant leurs propulseurs « classiques » et leur générateur subspatial. Ils étaient désormais à notre merci et mon équipage n'a eu aucun mal à s'emparer de leur vaisseau.

Blade et Baker échangèrent un regard entendu. Il serait bien moins facile, cette fois-ci, d'emporter quelques « souvenirs » artistiques, produits de l'artisanat local. À moins de se transformer eux-mêmes en contrebandiers, ce qui n'était pas du tout leur vocation. Encore que Sherwood avait longtemps commercé à la frange de la légalité, voire au-delà de celle-ci. Quant à Blade, ses scrupules s'atténuaient quelque peu dès qu'il s'agissait d'art primitif ; collectionneur passionné, il avait, au fil des années, accumulé un véritable trésor archéologique que les plus grands musées de l'empire lui auraient vraisemblablement envié, s'ils avaient eu connaissance de son existence.

Les quatre hommes félicitèrent chaudement le contre-amiral pour son exploit, puis Red Owens lui remit le connaissement de la cargaison et le jeu de clés magnétiques permettant d'ouvrir les cales du *Maraudeur*. Les quatre policiers qui accompagnaient Sullivan se mirent en demeure de fouiller rapidement le navire.

— Vous n'aurez pas à passer le contrôle sanitaire, reprit l'officier. Il a été supprimé voici deux ans pour les vaisseaux en provenance de planètes « saines », et je vois que vous venez de Sangfeng.

— Une bien belle planète, commenta William Baker. Nous y avons acquis tout un archipel où nous comptons installer une chaîne d'hôtels et de centres de loisirs.

— Vous espérez concurrencer Wondlak ?

— En un sens, oui. La température est

idéale pour pratiquer le naturisme, et les colons ont tout naturellement adopté une vie saine et bucolique. Sangfeng étant diamétralement opposée à Wondlak, par rapport à la Terre, la concurrence sera cependant toute relative. Dans un premier temps, nous comptons sur une clientèle neuve, en provenance des planètes voisines, comme Kerg-L'Toon, Yoshaz ou Garshazek. Des gens qui ont les moyens de s'offrir un voyage de dix ou vingt années-lumière, trente au maximum. Rien n'était prévu pour eux; c'est pourquoi nous aménageons cette partie de Sangfeng.

— Et quel est le motif de votre venue à Nylghur?

— Inspection de nos concessions et tourisme, répondit Ronny Blade avec un sourire candide.

Il n'était bien entendu pas question de révéler à l'officier leur intention d'agrandir leurs collections d'objets primitifs n'ghariens!

Cela dit, les quatre associés n'avaient rien des pillards sanguinaires évoqués par Lex Sullivan. Commerçants dans l'âme, ils préféraient nettement un bon marchandage au brigandage affectionné par bon nombre de trafiquants. C'était en toute légalité qu'ils se procuraient les œuvres d'art dont ils étaient friands — même s'il leur arrivait de les exporter en... l'égalité relative !

— Eh bien, j'espère que votre séjour vous sera profitable, conclut l'officier avant de tourner les talons pour rejoindre ses hommes.

Nylghur, pompeusement baptisée « capitale planétaire », méritait un peu plus ce titre que lors du premier séjour de Blade et Baker. Comptant désormais près de quarante mille habitants — dont un cinquième d'indigènes ayant reçu un hypno-enseignement accéléré —, elle couvrait plusieurs dizaines de kilomètres carrés. De forme grossièrement circulaire, elle étendait, au sud, un pseudopode d'usines et d'entrepôts jusqu'à la rivière Oklran, sur le ruban argenté de laquelle passaient de nombreux chalands aux soutes pleines de minerai.

De l'*Hôtel du bout des mondes* qu'ils avaient connu, seul le nom subsistait : à l'emplacement de la bâtisse de trois étages s'érigeait à présent un gratte-ciel dix fois plus haut, tout d'acier poli et de verre luisant. Andy Sherwood, qui conduisait le turbo-car, l'arrêta devant le porche monumental et émit un sifflement admiratif.

— Jolie baraque. On doit avoir une belle vue, de là-haut.

— Ne t'inquiète pas, assura Red Owens, tu auras sans problème une chambre au dernier étage. D'après Sullivan, il n'y a pas grand monde en ce moment.

— Super ! Comme ça, je pourrai m'envoyer en l'air avec les mousmées locales sans gêner mes voisins !

Le pacha du *Maraudeur* rougit jusqu'aux oreilles. Bien qu'il connût Andy Sherwood depuis plusieurs années, il avait toujours autant de mal à accepter sans broncher l'exubérance et le franc-parler — parfois un peu salace — de son associé.

— Pour le moment, rappela Blade en mettant pied à terre, il n'est pas question de s'envoyer en l'air avec qui que ce soit. Nous ne resterons qu'une nuit à Nylghur et, dès demain à l'aube, nous mettront le cap sur Yungkhar.

— Tu ne vas pas me dire qu'il n'y a pas de jolies filles à se mettre sous la dent ?

— Il y en a, reconnut Baker en souriant, mais ce n'est pas en une soirée que tu les mettras dans ton lit.

— Tu me connais mal, riposta Sherwood. Je te parie que...

La fin de sa phrase fut couverte par un crissement de pneus. Un long turbo-car noir et or, aux portières frappées de l'écusson du gouverneur — un dwaj-mèze rugissant dressé sur ses pattes postérieures —, venait de s'immobiliser brutalement à côté du leur.

Red Owens posa la main sur la crosse de son fulgurant. Il n'avait pas oublié sous quels inquiétants auspices avait commencé leur précédente visite. Mais la vision de l'écusson le rasséréna et c'est avec un soupir de soulagement qu'il retira sa main.

Un individu jeune et alerte, vêtu d'un pantalon de toile et d'une chemisette à grosses fleurs violettes, jaillit du véhicule pour se précipiter vers Ronny Blade. Bredouillant des paroles incompréhensibles, il le salua d'une brève courbette.

— Je suis Albert Jorgen, vice-conseiller de Son Excellence le gouverneur, se présenta-t-il.

Les deux hommes échangèrent un vigoureux *shake-hand.* Sortant à leur tour du turbo-car, William Baker et Andy Sherwood vinrent se planter de part et d'autre de leur ami, dont le vice-conseiller semblait ne jamais vouloir lâcher la main.

— Je suis heureux, très heureux, vraiment très heureux de vous rencontrer, monsieur Baker, bégayait celui-ci, visiblement fort ému.

— Pardon, je suis Ronny Blade, rectifia l'intéressé. Voici William Baker.

Jorgen pâlit en réalisant sa gaffe et se tourna vers le second fondateur de la *B and B Co*, qui lui serra la main avec assez de vigueur pour que le jeune homme n'eût pas envie de prolonger ce *shake-hand*, comme il l'avait fait avec Blade. Lorsque vint le tour de Red Owens, il effleura à peine la paume du colosse roux, craignant sans doute que celui-ci ne lui broie les phalanges. Quant à Sherwood, il parut ne pas remarquer sa présence.

— Maintenant que les présentations sont faites, lança ce dernier d'une voix vexée, vous pourriez peut-être nous dire ce qui vous amène, non ?

Albert Jorgen le toisa d'un regard méprisant, puis se tourna vers Blade et Baker, qui lui apparaissaient visiblement comme les « huiles » du groupe, qu'il convenait de traiter avec tout le respect dû à leurs renom et position sociale.

— Son Excellence le gouverneur de Joklun-N'Ghar, Herbert Müller, a exprimé, en apprenant votre arrivée sur notre monde, le désir express de vous rencontrer avant que vous ne partiez effectuer votre inspection. Le plan de vol de votre vaisseau fixant votre départ à demain matin, il vous convie donc à dîner, à sept heures quarante, heure locale.

Se rappelant brutalement qu'il avait oublié de régler son chronographe universel, Andy Sherwood se détourna un instant et, le regard fixé sur l'énorme pendule incrustée dans la façade de l'hôtel, entreprit d'en ajuster le mécanisme. Celui-ci permettait d'accorder la vitesse de rotation des aiguilles avec la durée du jour local, quelle qu'elle fût. Les journées de Joklun-N'Ghar, sensiblement plus longues que celles, de la Terre, comptaient malgré tout vingt-quatre heures, et il en allait de même sur toutes les planètes « colonisées » ; seule la durée desdites heures changeait.

— Nous serons au rendez-vous, assura Ronny Blade.

— Je vous demande surtout d'arriver à l'heure précise. Son Excellence a horreur des gens en avance comme de ceux qui sont en retard.

Andy Sherwood et Red Owens échangèrent un regard entendu. Encore un dîner officiel et pincé durant lequel ils allaient s'ennuyer à cent crédits de l'heure !

Le palais du gouverneur était bâti dans le style colonial de ce secteur spatial où l'implantation humaine ne remontait qu'à quelques dizaines d'années. Massive construction aux formes sobres mais élégantes, il offrait à la vue un péristyle de colonnes de marbre rose incrustées de quartz vert. Dans le soleil couchant de Joklun-N'Ghar, c'était un spectacle enchanteur.

L'hélico-taxi déposa les quatre associés sur une vaste terrasse située au nord de la bâtisse. Deux hommes en collants d'uniforme noir et blanc les accueillirent avec empressement dès qu'ils eurent mis pied à terre.

— Don Wray, se présenta l'un d'eux, un grand blond au regard clair. Et voici Bob Groovy. Nous sommes les secrétaires de Son

Excellence Herbert Müller, gouverneur de Joklun-N'Ghar et de ses Lunes.

Ronny Blade s'inclina.

— Enchanté de faire votre connaissance. Ai-je besoin de faire les présentations ?

— C'est inutile ; on nous a transmis vos photographies.

— Efficace, estima William Baker.

Bob Groovy leva un sourcil broussailleux.

— L'information circule aussi rapidement sur Joklun-N'Ghar que partout ailleurs dans la confédération.

— Rassurez-vous, il n'a pas voulu sous-entendre que « votre » planète était sous-développée, ironisa Andy Sherwood, l'œil étincelant. Bon, on passe à table ? J'ai une de ces faims, moi !

Cette jovialité à peine forcée eut pour effet de détendre l'atmosphère qui, dès lors, devint un peu moins « officielle ».

— Venez, dit Don Wray. Son Excellence nous attend.

Un ascenseur les emporta une douzaine d'étages plus bas, les déposant au seuil d'une vaste pièce lambrissée de *K'tita*, ce bois aux couleurs changeantes qui ne poussait qu'à la pointe sud du continent principal. Une table était dressée en son centre, dans le cône de lumière feutrée d'un projecteur Parker. Une douzaine de convives y étaient assis, tous en tenue d'apparat : le gouverneur, son épouse, quelques notables et hauts fonctionnaires.

Les interminables présentations et salutations qui s'ensuivirent furent une corvée malgré tout agréable, en raison de la personnalité chaleureuse d'Herbert Müller. Puis des serveurs n'ghariens en smoking blanc apportèrent les apéritifs. C'étaient des humanoïdes à la peau de couleur olivâtre, avec de fugitifs reflets cuivrés, et aux yeux étirés vers les tempes. La conversation roula sur les merveilleux alcools locaux jusqu'à l'arrivée des entrées.

Le plat principal se faisant attendre, Andy Sherwood entreprit de conter fleurette à sa voisine, épouse fort respectable d'un inspecteur colonial qui, grippé, n'avait pu venir. Red Owens ne pouvait s'empêcher de rougir chaque fois qu'il posait les yeux sur le couple.

— Quoi de neuf sur Joklun-N'Ghar? demanda Blade, assis à la droite du gouverneur. La mise en exploitation des nouveaux territoires se passe comme prévu? Nous venons inspecter nos concessions et j'aimerais avoir une idée de la situation globale...

Le vieil homme prit une expression paternaliste.

— C'est à ce sujet que j'ai exprimé le désir de vous rencontrer. Pour vous prévenir. Lors de votre premier séjour, avez-vous entendu parler des Ophiolâtres?

Ronny Blade secoua la tête.

— Ça me dit quelque chose, intervint William Baker. Une secte de la zone équatoriale, je crois...

— Plutôt tropicale, rectifia Müller. Enfin, c'était encore le cas il y a une dizaine d'années. Aujourd'hui, elle a pris des proportions bien plus importantes. On ignore leur nombre, mais ils ont noyauté toutes les couches de la société n'gharienne. Seuls ceux qui vivent encore à l'état de chasseurs-collecteurs sont épargnés, mais leur tour ne saurait tarder.

— Et ces... Ophiolâtres posent problème? demanda Red Owens.

Le gouverneur acquiesça en fermant les yeux.

— Les Adorateurs du Serpent constituent en fait un réseau de guérilla anti-terrien extrêmement organisé, qui sous couvert de religion combat notre implantation sur Joklun-N'Ghar. Nous supposons qu'il est dirigé par des N'Ghariens « évolués », qui auraient appris certaines techniques terroristes auprès d'extrémistes de l'université de X'Uerd, où beaucoup de gens d'ici ont fait leurs études.

— Et l'action de ces charmants personnages se manifeste sous quelle forme?

— Grèves, attentats à la bombe, manifestations, sabotages. Nous ne pouvons réprimer l'aspect religieux du mouvement; la plupart des Adorateurs sont de braves gens, qui se contentent de suivre les instructions venues de plus haut.

— Les prêtres? suggéra Baker.

— Nous y avons pensé. Ce sont eux qui transmettent les ordres de grève ou de manifestation, notamment. Mais ils n'ont rien à voir avec le terrorisme proprement dit. Eux aussi se contentent d'exécuter des instructions qu'ils ont reçues. De qui? Là est toute la question. Le clergé ophiolâtre n'a pas de structure hiérarchique. Il n'y a *personne* au-dessus des prêtres.

— À part le Grand Serpent du Temps, lança le responsable de la police locale, un nommé Reginald Klem. C'est *lui* qui les inspire quand ils sont dans leur transe chamanique.

— Ce schéma ne laisse guère de place pour un groupe terroriste, remarqua Blade.

— Sauf s'il s'est substitué au Grand Serpent du Temps, objecta Andy Sherwood, levant un instant le nez du décolleté avantageux de sa voisine.

Klem le considéra comme s'il le voyait pour la première fois.

— Vous ne connaissez pas le problème. Votre suggestion est absurde. Depuis toujours, les chamanes communiquent avec le Grand Serpent du Temps grâce à diverses drogues végétales de type psychotomimétique... Ou plutôt pensent le faire. Il n'y a pas plus de Grand Serpent du Temps que d'indigènes sur Yegg-Sh'Tra avant notre arrivée!

— Puisque notre ami vient d'évoquer Yegg-Sh'Tra, intervint Herbert Müller, j'en profite pour en venir à l'autre raison de mon invitation. J'ai une affaire à vous proposer. Une affaire en or, croyez-moi. Toutes les personnes ici présentes vous le diront. (Il toussota discrètement.) Yegg-Sh'Tra, le continent secondaire, va être ouvert à la colonisation. Les premières concessions seront mises aux enchères dans trois semaines.

— À quoi ressemble ce continent? interrogea Ronny Blade. Je crois qu'il n'était même pas exploré quand nous sommes venus ici pour la première fois.

— À la Terre d'il y a soixante-dix millions d'années, fit le gouverneur. Sept mille kilomètres d'océan le séparant de la masse continentale principale, l'évolution y a suivi un chemin différent — et bien plus lent. On y trouve encore des dinosaures. Il y a aussi des trilobites et un genre d'hallucigenia[1] dans les lacs. Pas de mammifères, mais beaucoup de marsupiaux. La flore est elle aussi très originale. Si vous avez le temps, faites-y un tour;

1. Créature préhistorique invertébrée de petite taille dont l'apparence incongrue — elle possède notamment un nombre *impair* de pattes! — explique le nom.

vous ne le regretterez pas. J'ai beaucoup voyagé, mais peu d'endroits m'ont paru aussi dépaysants que Yegg-Sh'Tra.

— C'est effectivement très tentant, commenta Baker. Ah ! Voici le plat de résistance !

Un *g'tishar* — sorte de petit sanglier local — rôti fut déposé devant les convives par deux serveurs en smoking, et chacun ne pensa plus dès lors qu'à manger. Il était en effet question d'interdire la chasse de cet animal à la chair tant appréciée des Terriens, pour préserver l'espèce d'une disparition rapide. Les indigènes les jugeant non comestibles, les *g'tishars* n'avaient eu que peu d'ennemis naturels avant l'arrivée de l'homme sur Joklun-N'Ghar ; en dix années de colonisation, leur nombre était passé de plusieurs millions à une centaine de milliers pour la province de Nylghur.

CHAPITRE II

Le *Maraudeur* décolla peu après l'aube. L'énorme astronef s'enleva comme une plume de l'astroport de Nylghur, supporté par ses champs anti-g, et commença à dériver vers le sud, poussé par les vents d'altitude. Il avait déjà parcouru plusieurs kilomètres quand Red Owens déclencha les propulseurs planétaires, dont la longue flamme violette ne tarda pas à donner au vaisseau une vitesse de plusieurs milliers de kilomètres à l'heure.

— Il y a des turbulences, constata le pacha en rectifiant certains paramètres du pilotage automatique.

— L'atmosphère de Joklun-N'Ghar a toujours été très agitée, commenta Ronny Blade. La présence de deux masses continentales importantes au sein d'un océan couvrant les deux tiers de la surface planétaire a donné naissance à un climat global proche de celui de la Terre — dans son schéma général, du moins.

Et les importantes amplitudes thermiques entre le jour et la nuit n'arrangent rien à l'affaire. Rappelle-toi comme nous avons été secoués, la dernière fois.

— Nous aurions dû suivre une trajectoire suborbitale, observa Andy Sherwood. Ça nous aurait évité d'être baladés en tout sens !

William Baker lui jeta un regard pénétrant.

— D'abord, nous ne sommes nullement « baladés », comme tu le prétends. Les dispositifs anti-g du *Maraudeur* peuvent compenser des accélérations fantastiques ; ce ne sont pas quelques malheureux vents d'altitude qui vont saturer nos générateurs.

Le navire survolait à présent le désert de Klaesh, vaste étendue de sable gris et de roc jaune qui séparait la colonie principale, située vers le quarante-cinquième parallèle, des concessions autonomes, attribuées à des sociétés comme celle des quatre associés, et qui toutes se trouvaient au voisinage du tropique ou de l'équateur. Au centre de cette zone désolée se dressait un massif montagneux basaltique, dont les plus hauts volcans — par bonheur éteints depuis des millions d'années — atteignaient une altitude équivalente à celle de l'Himalaya terrien.

Puis, peu à peu, la végétation refit son apparition. Les oasis devinrent plus vastes, plus nombreuses. Un semis d'arbustes et de hautes herbes remplaça progressivement le désert, avant de se transformer en une jungle inextricable, dont l'immensité d'un vert profond était sillonnée par les rubans argentés de fleuves et de rivières, avec çà et là le miroir liquide d'un lac ou d'un étang.

— Nous approchons, commenta Ronny Blade. Cette ligne de crête déchiquetée est celle des Montagnes Bleues, limite nord de notre concession.

— Bel endroit, apprécia Andy.

— L'une des formations géologiques les plus riches de la planète, intervint William Baker. Outre les diamants bleus dont nous avons réussi à faire cesser l'exploitation clandestine, on y trouve nombre de pierres précieuses ou semi-précieuses : topazes, rubis, émeraudes, saphirs — entre autres. Le sous-sol de cette partie du Kendraouang recèle également du zirconium, du tungstène et du platine, ainsi que de grandes quantités d'iridium et de chrome. Sans compter des éléments appartenant au groupe des terres rares, qui constituent près du tiers des exportations de la concession.

— Et le produit de tout ceci entre dans les caisses de la *B & B Co*, apprécia Sherwood, le regard songeur. Je comprends pourquoi vous avez eu des ennuis, la première fois.

Blade et Baker secouèrent la tête.

— Bert Woodson, qui a tenté de nous spolier, n'était intéressé que par les diamants, dit le premier. Il n'avait même pas connaissance de l'existence du reste. Sans notre intervention, il aurait abandonné cet endroit dès l'épuisement du gisement qu'il avait découvert lors de la première mission d'exploration.

La ligne de crête franchie, le *Maraudeur* survolait à présent l'autre versant, dont les contreforts escarpés descendaient vers la vaste plaine où coulait le fleuve Nextrylar.

— Nous ne devrions pas tarder à voir Yungkhar, annonça Red Owens depuis son siège de pilote. Tenez, regardez, là-bas, à la lisière de la jungle !

Il manipula quelques curseurs. Une ville apparut sur l'écran principal, entourée d'un anneau d'entrepôts et de pistes d'atterrissage pour aéronefs.

Andy Sherwood émit un sifflement admiratif.

— Tout ceci a été construit en un lustre à peine ?

— Tout à fait, assura William Baker. Lors de notre première visite, il n'y avait ici qu'une savane peuplée d'antilopes et de *gzuun-k'har*, de grands félins au pelage rouge et noir. Les N'Ghariens venaient parfois y chasser, quand le gibier se faisait rare dans la jungle. Aujourd'hui, l'argent qu'ils gagnent en travaillant pour nous leur permet d'être à l'abri du besoin et de la famine, ainsi que leur famille, durant toute l'année.

— Nous avons même mis au point un programme qui leur permet de continuer à exercer leurs remarquables dons artistiques, renchérit Ronny Blade. On a pu observer sur d'autres mondes ce qui se passe quand des peuplades primitives, éduquées par les soins de la confédération, se retrouvent projetées presque sans transition dans le monde moderne. Les bienfaits que leur apporte cette évolution — sur le plan de la santé, notamment — débouchent souvent sur la misère intellectuelle. La culture terrienne ne peut pas se substituer totalement à la leur, pas en l'espace d'une génération. C'est pourquoi nous avons pris soin de financer un certain nombre de jours de congé supplémentaires, durant lesquels ils peuvent se livrer à leurs activités traditionnelles, comme la sculpture ou la musique.

Red Owens grinça un vague ricanement amer.

— Tu appelles ça de la musique ? Pour moi, ça ressemblait à du bruit, ni plus, ni moins. Un mélange d'aboiements de chiens et de…

— Certaines mélodies n'ghariennes sont très belles, objecta Blade en souriant. Leurs femmes ont des voix très pures, au registre plus étendu dans l'aigu que celui des meilleures sopranos humaines.

— Je te recommande tout particulièrement leur contre-fa, ironisa Baker, s'adressant lui aussi au capitaine du *Maraudeur*. Il brise les verres et glace le sang.

Red Owens posa sur lui un regard lourd de reproches qui indiquait sans équivoque possible qu'il avait *déjà* entendu ce fameux contre-fa !

À peine le gigantesque astronef s'était-il posé sur un terrain situé bien à l'extérieur de la ville qu'une plate-forme à propulsion gravitomagnétique vint le rejoindre. À son bord se trouvaient plusieurs hommes en combinaison grise, dont Ricardo Fiora, directeur de la concession et, de fait, premier magistrat de Yungkhar.

C'était un homme grand et sympathique, aux cheveux encore noirs bien qu'il eût largement atteint la cinquantaine. Blade et Baker l'avaient engagé six ans plus tôt sur Tremçan, un monde minier sans atmosphère. Il y avait dirigé une cité minière d'une compagnie concurrente, jusqu'au jour où une manœuvre perverse d'un subordonné désireux de prendre sa place l'avait précipité au fin fond de la mine, avec les condamnés de droit commun, dans un secteur où la durée de survie moyenne n'excédait pas un an et demi. Par bonheur, sa connaissance du réseau de galeries lui avait permis de s'évader et de confondre l'ignoble traître qui avait fait de lui un forçat. Mais il ne souhaitait plus, désormais, travailler pour une compagnie qui n'avait pas eu confiance en lui à un moment où cela était essentiel. Les deux *businessmen* étaient passés par là au bon moment.

— Très heureux de vous revoir, déclara Ricardo Fiora quand les quatre associés débarquèrent du *Maraudeur*. J'ai réussi à me libérer pour vous faire effectuer moi-même la visite guidée de Yungkhar.

— Nous sommes reconnaissants de cette attention, l'assura Baker. Tout se passe bien?

Fiora hésita une fraction de seconde avant de répondre :

— En ce moment, Yungkhar est la ville la plus calme de la planète, je peux vous le certifier. Quatre mille indigènes travaillent et vivent ici en parfaite harmonie avec le millier de colons terriens. Quant à la production, après une baisse assez sensible voici quelques mois, elle est actuellement en hausse constante, après avoir très vite retrouvé son niveau précédent. Venez, je vais vous montrer la ville.

Ils embarquèrent à bord de la plate-forme, simple disque d'une dizaine de mètres de diamètre à la circonférence ceinte d'une balustrade. Tandis que l'engin s'élevait avec un zonzonnement presque imperceptible, Andy Sherwood demanda au directeur :

— À quoi était due cette baisse?

Ricardo Fiora cligna des yeux.

— Un problème d'extraction. Nous l'avons réglé sans attendre, mais ses conséquences ont paralysé la ville pendant deux semaines.

Blade et Baker échangèrent un regard lourd de signification.

La visite de la ville prit deux bonnes heures. La plate-forme volait dans un quasi-silence entre les façades de béton et de métal des immeubles et des usines, parfois au ras du sol, parfois à plusieurs dizaines de mètres d'altitude. Il faisait une chaleur étouffante, et Red Owens ne cessait de s'essuyer le visage en maugréant, sous les sarcasmes d'Andy Sherwood qui, pourtant, souffrait lui aussi de la température élevée.

Les techniques d'urbanisation les plus avancées avaient été utilisées lors de la conception de Yungkhar. Afin d'éviter de transformer les quartiers d'habitation des mineurs et ouvriers n'ghariens en ghettos, générateurs de misère et de criminalité, on avait dispersé à travers la ville les immeubles qui leur étaient réservés. Ainsi, la population locale et les colons d'origine terrienne avaient de nombreuses occasions de se rencontrer et de fraterniser, ce qui ne pouvait qu'améliorer la production.

Aucun des quatre associés ne fit de commentaires durant la visite guidée. Red Owens lui-même se retint d'exprimer son étonnement face à la rapidité avec laquelle la ville avait poussé au milieu de la savane, comme un champignon de métal et de plastique. Tous étaient fascinés par ce nouveau joyau de leur empire commercial.

— Voilà, annonça Ricardo Fiora lorsque la plate-forme se posa près d'une grande construction élancée. Vous avez vu l'essentiel. Si vous avez des questions...

— À quelle distance se trouvent les mines ? interrogea Sherwood.

— À une distance variant entre trente et deux cents kilomètres, le renseigna le premier magistrat. Tous les matins, des dizaines de glisseurs partent vers le nord, emportant les mineurs sur leur lieu de travail.

— N'aurait-il pas été plus simple de les loger sur place ? s'enquit Red Owens.

Le visage de Ronny Blade s'éclaira d'un sourire narquois.

— L'un des plus graves problèmes que rencontrent les entreprises comme la nôtre est la résistance des indigènes au mode de vie terrien, dit-il. Les parquer dans des baraquements aux abords des mines n'aurait fait qu'accentuer cette résistance. Cela les aurait coupés de leurs familles, auxquelles ils sont aussi attachés que les autres peuples humanoïdes. De plus, ce genre de « camps de travail » possède toujours un côté carcéral que nous avons toujours tenu à éviter.

— D'ailleurs, en raison de la rapidité des glisseurs en terrain plat, le trajet ne prend que quelques dizaines de minutes, assura Ricardo Fiora en descendant du véhicule. Venez, je vais vous présenter notre responsable minier, avec qui vous pourrez faire le point sur l'exploitation elle-même.

Le petit groupe entra dans la haute bâtisse blanche. Tout le rez-de-chaussée était occupé par un hall aux dimensions cyclopéennes, où la lumière du soleil déjà haut dans le ciel entrait par de vastes baies de métalloplastex. Des Terriens en collants colorés allaient et venaient, l'air affairé, porteurs d'épais dossiers et de micro-ordinateurs personnels. Il régnait une ambiance de fourmilière qui fit soupirer de satisfaction Andy Sherwood, grand paresseux devant l'Éternel, qui avait tendance à préférer voir travailler les autres.

Toujours guidés par Fiora, les quatre associés montèrent dans une cabine d'ascenseur translucide qui les emporta sans un heurt jusqu'aux étages les plus élevés de la tour, où se trouvaient les principaux services administratifs de la ville. Les doubles portes s'ouvrirent avec un chuintement sur une vaste pièce tendue de tissu crème, au centre de laquelle trônait un bureau de shuunk, ce « bois de verre » translucide strié de noir et de jaune.

— Votre bureau?? demanda William Baker.

Fiora fit « non » de la tête.

— Le sien est à l'étage supérieur, dit une voix indubitalement féminine.

Tous se tournèrent avec un parfait ensemble vers son origine. Sortant d'une petite salle d'ordinateurs adjacente au bureau, une grande jeune femme aux cheveux d'or pâle se dirigeait vers eux, impeccablement moulée dans une mini-robe couleur chair qui mettait en valeur son opulente — et ferme ! — poitrine, ainsi que ses hanches à la courbe élégante et violoncelle. Des bottes courtes, sans talon, et un collier n'gharien ceignant son cou gracile complétaient son habillement pour le moins « minimaliste ».

— Sofia van Norden, présenta Ricardo Fiora. Elle supervise l'exploitation minière de votre concession.

— Enchantée de faire votre connaissance, assura la jeune femme en tendant la main. Je suppose que vous êtes Ronny Blade et que voici William Baker?

— Exactement, fit Blade, un peu surpris. Vous semblez posséder une intuition remarquable...

— Intuition bien aidée par la consultation des archives, où vos portraits se trouvent mémorisés, rectifia Sofia avec un sourire qui découvrit deux rangées de dents aussi nacrées que des perles. Il est recommandé de connaître ses patrons, ajouta-t-elle avec un air narquois.

— « Patrons » qui sont au nombre de quatre, rappela Sherwood, un peu vexé d'être laissé de côté par une si jolie femme. Je suis Andry Sherwood — et voici Red Owens, le séducteur galactique !

Le commandant du *Maraudeur* s'étrangla, tandis que son visage prenait une teinte pivoine caractéristique. Bon nombre de qualificatifs pouvaient lui être appliqués, mais certainement pas celui de séducteur. Fort en gueule, ne s'en laissant pas conter même face aux pires forbans, Red Owens était victime d'une timidité maladive dès qu'il se trouvait en présence d'une représentante du beau sexe.

— Très heureuse de vous rencontrer, fit Sofia en serrant la main du rouquin, une expression d'amusement sur son joli visage. J'ai beaucoup entendu parler de vous et de vos exploits. Quant à vous, Andy Sherwood, n'essayez pas de me faire avaler des couleuvres ! Votre réputation de coureur de jupons est arrivée jusqu'à Joklun-N'Ghar. Si vous comptez me séduire avec votre baratin, vous faites fausse route !

La jeune femme avait parlé d'une voix douce mais ferme. Gêné, Sherwood regardait ses bottes avec obstination, cherchant visiblement une réplique qui lui permettrait de renverser la situation à son avantage.

Blade et Baker échangèrent un regard entendu. Il était rare de trouver quelqu'un qui fût capable de mettre Andy dans l'embarras.

— Je vais vous laisser en compagnie de *nzuun* van Norden, dit Ricardo Fiora. J'ai rendez-vous avec nos géologues experts dans un quart d'heure à l'autre bout de la ville.

Tous le saluèrent et il s'éclipsa par l'ascenseur, un pli soucieux sur son visage hâlé.

— Eh bien, messieurs, quel est le programme ? s'enquit Sofia.

— Nous pensions que c'était *votre* rayon, observa Baker.

Un rire cristallin cascada des lèvres de la jeune femme.

— Je suis une technicienne, pas un guide touristique. Que diriez-vous d'un verre ?

— Ce serait avec plaisir, assura Andy Sherwood. Pour moi, ce sera un *R'Toox* bien frappé, avec une pointe de séghir mauve.

L'ironie pétillait dans le regard que Sofia van Norden posa sur lui.

— On ne trouve pas de séghir sur Joklun-N'Ghar. Les indigènes ne le supportent pas, un peu comme les Amérindiens avec l'alcool. L'importation en a été interdite l'année dernière, après les émeutes de K'Julgh, à la pointe sud du continent.

— Des émeutes ? interrogea William Blade.

— Vous avez certainement entendu parler des Ophiolâtres ? Pour entraîner avec eux le gros de la population indigène de ce port franc, ils ont organisé une grande distribution gratuite de séghir ambré. Ensuite, les chamanes n'avaient plus qu'à faire monter la fièvre — exhortations, prêches, appels au soulèvement.... Dix mille N'Ghariens rendus fous par le séghir ont déferlé sur les quartiers des colons. Sans l'intervention de la « spatiale », qui les a dispersés à l'aide de gaz lacrymogènes et urticants, il est probable que tous les ressortissants terriens auraient été massacrés.

Un lourd silence succéda à cette tirade. Red Owens, avec un soupir, se laissa tomber dans un grand fauteuil recouvert de cuir d'o'onxx, un genre d'antilope locale, et tira de sa poche un cigare de Würm IV, qu'il entreprit d'allumer à l'aide d'un briquet-laser à la silhouette élégante de soucoupe volante.

— Nous avons déjà eu vent des méfaits des Ophiolâtres, dit Ronny Blade. Le gouverneur les présentait comme une secte violemment anti-terrienne.

La jeune femme hocha la tête.

— Tout à fait. Avant notre arrivée, ce n'était qu'un culte marginal de la zone équatoriale, qui comptait peut-être sept ou huit mille adeptes. Puis l'inévitable mécontentement de certains face à la colonisation s'est cristallisé autour des chamanes — qui, soit dit en passant, ne perdent pas une occasion de jeter de l'huile sur le feu !

— Le gouverneur semblait croire qu'ils étaient manipulés par des N'Ghariens évolués.

Sofia haussa les épaules.

— Le gouverneur peut dire ce qu'il veut. Si vous voulez mon avis, les quelques milliers d'indigènes éduqués à la terrienne n'ont aucun intérêt à ce que les choses changent. Ils risqueraient d'ailleurs d'être les premières victimes d'une victoire ophiolâtre, en raison de leur activité de « collaborateurs » que les isolationistes ne manqueraient pas de souligner.

— Vous ne croyez donc pas à une manipulation ? interrogea William Baker.

— Oh ! si, j'y crois. (Une ombre passa sur le visage finement dessiné de la jeune femme.) Je crois que le Grand Serpent du Temps a tout intérêt à ce que les Terriens s'en aillent.

— Le Grand Serpent du Temps ? répéta Sherwood. Encore faudrait-il qu'il existe !

Ronny Blade lui fit signe de se taire et demanda :

— Et vous avez une idée de *qui* il pourrait être ?

Sofia le dévisagea avec surprise.

— Non, pas la moindre. Mais une chose est certaine : il dicte ses instructions aux chamanes durant leur transe sacrée, obtenue à l'aide de substances psychotropes comme le champignon *g'zuunta* et la liane *y'aggé*. (Elle alla à la fenêtre et contempla d'un air triste la ville qui s'étendait à ses pieds.) Quand les mineurs se sont mis en grève, je venais tout juste d'arriver et...

— Quels mineurs? la coupa Baker.

Elle fit volte-face. Ses lèvres et ses yeux brillaient.

— Vous n'êtes pas au courant? Par deux fois, les chamanes ont poussé *nos* mineurs à la grève générale! Il a fallu les renvoyer dans leurs villages d'origine et en engager d'autres, en provenance de régions où les Ophiolâtres n'ont aucune influence.

Fiora nous a menti, songea Ronny Blade. *Par omission, mais il nous a menti. Pour quelle raison? Il devait bien se douter que Sofia vendrait la mèche....*

— Ça a dû coûter pas mal de blé, intervint Sherwood. Bon, on le boit, ce verre? Je commence à me sentir franchement desséché, moi!

Sofia van Norden claqua des doigts et un petit meuble noir, de forme cylindrique, se détacha de la cloison pour venir se planter au milieu de la pièce, où il s'ouvrit comme une fleur pour révéler ses entrailles garnies de verres et de bouteilles. Répondant à la demande de chacun, une demi-douzaine de bras articulés, terminés par de petites mains à quatre doigts gantées de blanc, préparèrent cinq cocktails à base de *R'Toox*.

— Jolie machine, apprécia Red Owens en tapotant l'arceau supérieur du bar cybernétique. J'ignorais qu'on en fabriquait encore.

— Il vient d'Extroil, expliqua Sofia. Pour en revenir à ce que je disais, la situation est assez délicate en ce moment. Ici, à Yungkhar, nous avons réagi assez vite pour éviter une trop longue interruption des chaînes de production — mais ailleurs, sur d'autres concessions ne pratiquant pas notre politique d'intégration, on a frôlé la catastrophe. Chaque installation minière vit désormais en autarcie. Dans beaucoup d'endroits, on parque les mineurs indigènes comme du bétail, sous la surveillance de gardes armés. Ils ne sortent de leurs enclos de barbelés que pour aller travailler, et reçoivent parfois le fouet; avant les grèves et les émeutes, leur sort était bien plus enviable, mais les trusts concurrents ne prennent aucun risque.

— Et ce faisant, ils jouent le jeu des Ophiolâtres, nota Baker. Le procédé est classique : on dénonce une répression fictive, au point de provoquer des événements — révoltes, grèves, émeutes — qui entraînent une répression bien réelle, laquelle sert de justification *a posteriori* pour les événements réprimés.

— Si tu veux mon avis, fit Sherwood, Fiora ne s'en est pas trop mal tiré, puisqu'il a évité la répression — et, donc, l'engrenage de violence qui en découle.

— Vous voulez dire que vous n'en saviez rien? s'étonna Sofia.

Red Owens et William Baker hochèrent la tête avec un parfait ensemble, mais Ronny Blade ne semblait pas approuver.

— Fiora aurait dû nous mettre au courant dès notre arrivée.

— Sans doute a-t-il cru que nous le sanctionnerions pour n'avoir pas su éviter la grève, observa Baker.

— Il nous connaît trop bien pour cela. Non, il doit y avoir autre chose... Vous avez une idée, Sofia? Vous permettez que je vous appelle Sofia?

— Bien sûr... Ronny, répliqua la jeune femme en battant des paupières.

Puis, redevenue sérieuse :

— Le renouvellement, à deux reprises, des mineurs a coûté très cher, à cause des lois sociales élaborées qui protègent la main-d'œuvre indigène.

— Des lois sociales? s'écria Andy Sherwood. Comment expliquez-vous, dans ce cas, que les gars des autres concessions puissent réduire leurs travailleurs à un quasi-esclavage?

— Un décret du gouverneur autorise de

telles pratiques, mais en cas de licencement suivi de renvoi dans ses foyers, un N'Gharien doit être largement indemnisé, même s'il est limogé à la suite d'une grève illégale.

« Et, sur Joklun-N'Ghar, toutes les grèves le sont.

— Je n'aime pas ça, grommela Red Owens. Tout, sur cette planète, semble être fait pour préparer une explosion de violence.

— Ce qui serait pour le moins préjudiciable à la bonne santé de nos affaires, remarqua Sherwood avec cynisme, avant de vider son verre de *R'Toox* agrémenté de quelques gouttes de calvados.

Après un après-midi passé à discuter et à étudier les chiffres de production, les quatre associés convinrent qu'ils avaient bien mérité un bon repas. Sofia van Norden les pilota vers un excellent restaurant français, tenu par un vétéran des guérillas du Sagittaire, où l'on servait également des spécialités locales, que préparait un authentique *g'raghyr* selon les méthodes traditionnelles des îles R'Kavon.

L'endroit était accueillant, avec son éclairage tamisé et son décor de plantes grimpantes. Les quatre hommes et la jeune femme furent installés à une table située à l'écart par un serveur habillé de blanc, à la boutonnière duquel était piqué un œillet écarlate.

— Que nous conseillez-vous? demanda Blade à Sofia en dépliant le menu, calligraphié sur parchemin.

— De choisir votre camp, répondit sans hésiter la ravissante créature. Cuisine française ou n'gharienne; le mélange est fortement déconseillé.

— Je crois que je vais opter pour la première, laissa tomber Red Owens. J'ai conservé un assez mauvais souvenir des plats locaux.

— Je vais te suivre, dit aussitôt Andy Sherwood. La découverte de sensations exotiques sera pour plus tard.

— Et vous, Sofia? s'enquit William Baker.

— La cuisine n'gharienne, sans hésiter.

— Je vais en faire autant, dirent en chœur Blade et Baker.

La jeune femme éclata de rire tandis qu'ils se considéraient avec un étonnement non feint.

— Vous avez raison, dit-elle en étouffant son fou rire. Il ne faut pas oublier que Joklun-N'Ghar est une planète; il y a à sa surface autant de façons de faire la cuisine qu'il en existait sur la Terre voici cinq mille ans. De plus, celle qu'on sert ici est censée avoir des vertus thérapeutiques. Le *g'raghyr* viendra lui-même palper notre pouls avant de doser les différents ingrédients.

— Quoi? s'écria Andy Sherwood. C'est un cuistot ou un médecin?

— Un peu des deux, répondit Sofia. Il est aussi vaguement sorcier, si vous voulez mon avis. Il *devine* si bien les gens...

— La prise de pouls est un important élément de diagnostic dans la médecine ayurvédique[1], rappela Blade. Les N'Ghariens étant semblables à nous, quoi d'étonnant de découvrir ici des méthodes identiques?

— Et comme en ayurvéda, renchérit la jeune femme, la composition des plats joue un rôle dans le traitement.

— Aucun d'entre nous n'est malade, observa Sherwood.

Baker lui donna une bourrade amicale.

— En tout cas, ça ne peut pas nous faire de mal. Et puis, l'idée de me faire prendre le pouls avant le repas m'amuse beaucoup... L'homme a parfois de drôles d'idées.

— Il y a un proverbe hindou qui dit que si tu laisse un médecin indien te prendre le pouls, il saura tout de toi, fit ironiquement Ronny Blade. Je ne partage pas ton scepticisme, Will. L'empirisme a souvent donné d'excellents résultats, au cours de l'histoire humaine. Et je suis certain que ce que nous mangeons n'en sera que meilleur.

L'éclat de rire d'Andy Sherwood fut inter-

1. Médecine traditionnelle de l'Inde, proche de la chinoise, qui se veut avant tout préventive et table sur l'équilibre alimentaire pour chasser le risque de maladie.

rompu par l'arrivée du maître d'hôtel. Celui-ci prit consciencieusement les commandes, puis annonça que le *g'raghyr* Ffangzeng allait venir en personne « accorder » chaque plat avec l'état de santé de celui qui l'avait commandé.

Quelques instants plus tard, un N'G'harien de très haute taille, vêtu d'un pagne de cuir, une toque blanche plantée sur le crâne — règlements sanitaires obligent ! — vint se planter près de leur table. On n'aurait pu lui donner un âge, mais tous sentirent que cet homme était très vieux, et qu'une formidable expérience, alliée à une grande intelligence, se dissimulait derrière l'éclat sombre de ses yeux étirés vers les tempes.

Sans un mot, il s'empara du poignet de Baker, posant trois doigts sur la veine qui affleurait. Will put sentir les infimes mouvements que le *g'raghyr* effectua alors, sans doute afin d'obtenir une meilleure sensibilité.

Puis l'indigène retira sa main et dit quelque chose en une langue déliée et musicale, bien différente des dialectes rugueux des chasseurs-collecteurs de la jungle.

— Qu'avez-vous commandé ? s'enquit le maître d'hôtel.

Déglutissant avec peine, comme si cette mini-cérémonie l'avait impressionné malgré lui, Baker le lui dit.

La même scène se répéta avec Sofia et

Ronny Blade, à cette différence qu'après avoir entendu la liste des plats commandés par celui-ci, le *g'raghyr* lui annonça que les viandes grasses lui étaient interdites, à cause de son cœur, et remplaça d'office le cuisseau d'antilope par un petit oiseau rôti.

— Drôle de bonhomme, commenta Sherwood quand le cuisinier fut reparti. Alors, comme ça, tu es cardiaque, Ronny?

Blade secoua la tête, un sourire crispé sur les lèvres.

— Il y a quelques siècles, je le serais sans doute devenu. Ce que m'a dit ce... *g'raghyr* m'inquiète un peu. Je me ferai faire un bilan dès mon retour sur Terre; on ne sait jamais. Je n'oublierai pas de sitôt son regard quand il a retiré ses doigts. J'ai eu l'impression qu'il avait regardé au fond de moi.

Ni Blade, ni Baker ne regrettèrent d'avoir choisi la cuisine de l'étrange chamane. Ils passèrent l'essentiel du repas à complimenter Sofia pour le choix du restaurant. Red Owens et Andy Sherwood, qui se sentaient laissés à l'écart, mangèrent en silence leur entrecôte marchand de vin accompagnée de pommes de terre. Le second essaya bien de placer quelques plaisanteries, mais toutes tombèrent à plat.

— Y a-t-il quelque chose qui ressemble à une boîte de nuit dans cette fichue ville? demanda-t-il à la fin du repas.

— Eh bien, vous avez le *Serpentin couronné* et l'*Étoile du Petit Matin.* La première est plutôt fréquentée par les ouvriers et la seconde par les cadres.

Andy poussa du coude le pacha du *Maraudeur.*

— Qu'est-ce que tu dirais d'aller t'encanailler ?

Red Owens grogna quelque chose d'indistinct. Il était visiblement d'assez mauvaise humeur.

— En tout cas, vous irez sans moi, annonça la jeune femme. Je travaille très tôt demain ; je vais rentrer me coucher.

Une expression de dépit se peignit sur les visages de Blade et Baker, tandis qu'une grimace ironique déformait les traits barbus de Sherwood.

— Vous pouvez prendre votre matinée, avança Baker.

— Nous sommes vos employeurs, renchérit Blade. Personne ne vous reprochera d'arriver en retard.

Sofia van Norden secoua la tête.

— Je vous remercie, mais il faut *vraiment* que j'y aille. (Elle se leva, enfila son imperméable transparent qui ne dissimulait rien de sa plastique mise en valeur par la mini-robe.) Merci pour le repas. Nous nous voyons demain, je suppose ?

Et, envoyant un baiser du bout des doigts à Ronny Blade, elle s'éclipsa sur ses hauts talons.

Un silence pesant succéda à son départ.

— Eh bien! Il ne vous reste plus qu'à nous accompagner! claironna Andy Sherwood, qui avait du mal à se retenir de pouffer devant la déconvenue de ses deux associés.

Le *Serpentin couronné* était un endroit minable, où des néons pisseux et des spots baveux trouaient une pénombre enfumée. Il y avait une telle cohue que les quatre hommes mirent dix minutes avant de pouvoir atteindre le bar, où on leur servit un whisky tiédasse allongé d'un *R'Toox* qui ne s'était jamais approché à moins de dix parsecs de Vénus. La musique, une succession criarde d'airs à la mode, rendait toute conversation impossible.

Andy Sherwood avisa une superbe créature d'une trentaine d'années, dont les seins fermes tendaient une combinaison très ajustée, serrée à la taille par une large ceinture. S'excusant par gestes auprès de ses compagnons, il s'avança sur la piste et entreprit de se trémousser, imitant avec gaucherie les déhanchements et les ondulations des danseurs qui l'entouraient. L'opulente blonde eut l'air de trouver cette démonstration à son goût, car elle vint danser près de lui, le frôlant au passage.

Constatant que Red Owens en était à son quatrième verre, Blade et Baker décidèrent d'un commun et implicite accord de rentrer à l'hôtel.

La fraîcheur de la nuit leur parut délicieuse, après la moite touffeur du *Serpentin couronné*. Ils firent quelques pas le long de la petite rue bordée d'immeubles bas, se retrouvèrent sur une place circulaire au centre de laquelle chantait une fontaine entourée de massifs de fleurs tropicales. Blade se laissa tomber sur la margelle et tira de sa poche un étui humidificateur pour cigares.

— Tu en veux un?

— Pourquoi pas?

Ils allumèrent leurs barreaux de chaise et fumèrent un moment en silence. Il était tard et tous deux se sentaient fatigués.

— Apparemment, tu as l'avantage, dit soudain Baker.

Ronny le regarda avec curiosité, tiré de sa rêverie par l'insolite remarque de son ami.

— Pardon?

— Avec Sofia van Norden, voulais-je dire, compléta Will. C'est à *toi* qu'elle a envoyé un baiser en s'enfuyant comme une voleuse.

— Il faut croire que j'ai su mieux manœuvrer que toi. Ou que j'ai plus de charme...

Baker lui donna une bourrade amicale.

— L'important est que nous soyons satisfaits de notre personnel.

— Nous partons demain, rappela Blade.

Direction Nylghur — et ensuite, Yegg-Sh'Tra, le continent aux dinosaures!

— Je trouve fascinant l'idée que ces grands reptiles, disparus sur Terre voici soixante millions d'années, puissent avoir survécu sur Joklun-N'Ghar, même si ce n'est que sur un petit continent. Je me demande s'il existe une explication.

— Il y en a certainement une, mais quelqu'un l'a-t-il découverte? Il faudra poser la question à notre retour à Nylghur. Cela dit, on peut en imaginer quelques-unes — comme une pluie de météorites laminant un hémisphère mais pas l'autre, ou un bouleversement climatique, un basculement de l'axe des pôles...

Un hurlement, indubitablement produit par une voix féminine, s'éleva dans la nuit tiède. En une fraction de seconde, les deux hommes furent sur pied, tous les sens en alerte.

— Tu as une idée de la direction du cri? demanda Blade.

— Pas la moindre. Je regrette de ne pas avoir pris d'arme. Mais qui aurait pu deviner qu'à Yungkhar...

Un second hurlement perça la nuit. Un cri de bête affolée.

— Par là! s'écria Baker.

Suivi de son associé, il contourna la fontaine et s'engagea dans une ruelle obscure, entre deux entrepôts fermés à cette heure tardive. Ses yeux s'habituant à la pénombre, il ne tarda pas à distinguer deux silhouettes humaines, fort occupées à en tabasser une troisième, à environ cent mètres de l'entrée de la ruelle.

— Arrêtez ! cria-t-il.

Les silhouettes se figèrent. Les deux amis n'étaient plus qu'à quelques pas d'elles quand l'éclair d'une lame scintilla dans la nuit. Regrettant l'absence de Red Owens, sur qui l'on pouvait toujours compter pour faire le coup de main, William Baker décocha un coup de pied dans le bas-ventre de l'homme au couteau. Celui-ci — un N'Gharien — se plia en deux. Baker le cueillit d'un genou à la pointe du menton et il tomba en arrière, *groggy*.

De son côté, Ronny Blade avait réglé son compte au deuxième agresseur — un N'Gharien, lui aussi — qui gisait à présent sur un tas d'immondices, le nez cassé et la mâchoire en bouillie.

Baker se pencha sur la victime. Il s'agissait bien d'une femme.

— Une N'gharienne ! grogna Blade par-dessus son épaule. Nous venons d'interrompre un règlement de comptes entre indigènes.

— Elle a l'air mal en point. Ils étaient en train de la battre à mort. Nous sommes arrivés à temps — enfin, je l'espère.

L'un des agresseurs bougea. Blade le renvoya d'un uppercut dans les bras de Morphée.

— Reste là, décida-t-il. Je retourne au *Serpentin couronné*, chercher Red et Andy.

— Et appeler une ambulance, compléta William. Pendant que tu y es, préviens aussi notre police privée de venir coffrer ces deux ordures !

Ronny acquiesça et partit au pas de course en direction de la boîte de nuit.

Dans les bras de Baker, la jeune fille ouvrit les yeux et se raidit en découvrant un visage de Terrien penché sur elle.

— *Llambika... Llambika sverjievoj...*, murmura-t-elle.

— Du calme, c'est fini. Vous êtes sauvée.

L'indigène fit une tentative pour s'asseoir, mais les forces lui manquaient. Elle retomba avec un grognement rauque.

— *Llambika!* gémit-elle.

Conscient d'une présence derrière lui, Baker voulut se retourner, mais un objet contondant percuta son crâne avec violence et il perdit connaissance, furieux de ne pas avoir mieux surveillé les deux N'Ghariens à terre.

CHAPITRE III

Quand William Baker revint à lui, le jour se levait au-dessus des immeubles situés à l'est de la ville. Il reprit connaissance et se dressa tout droit dans un lit qu'il crut tout d'abord inconnu, puis qu'il reconnut comme celui de sa chambre d'hôtel à Yungkhar.

Il avait un mal de tête épouvantable. En posant ses doigts sur l'origine de sa souffrance, il rencontra une compresse de gaze.

La mémoire lui revenait à présent. La ruelle obscure, la N'Gharienne, le coup de matraque... Il avait de la chance d'être encore vivant. Sans doute ses agresseurs n'avaient pas eu le temps de le tuer. Mais qu'était-il advenu de la jeune fille ?

Il commuta le visiophone et appela Ronny Blade, qui occupait la chambre voisine de la sienne. Celui-ci répondit au bout d'une dizaine de sonneries. L'expression mal réveillée qui déformait son visage s'effaça quand il reconnut Baker.

— Tu te sens comment ? demanda-t-il.

— Vaseux, mais entier. Que s'est-il passé ?

— L'un des deux indigènes a repris connaissance et t'a assommé. À moins qu'il n'y ait eu un troisième larron. En tout cas, ils ont filé sans demander le reste.

— Et la fille ?

— Ils ont dû juger la punition suffisante. Ou alors, ils ne voulaient pas prendre de risques. Ils disparaissaient à l'autre bout de la ruelle quand je suis revenu avec Red. Impossible de trouver Andy, par contre ! Ni la blonde qui flirtait avec lui, d'ailleurs.

« La fille est dans la chambre 2405. Elle n'a rien de grave, d'après les médecins. Par contre, il semblerait qu'elle ne parle qu'un impossible dialecte que personne ne comprend !

— Je croyais que tous les N'Ghariens employés par la *B and B Co* recevaient un hypno-enseignement de base ?

— C'est le cas. Il semblerait donc que cette fille vienne directement de la jungle. Peut-être l'épouse ou la petite amie d'un mineur... Ou une prostituée amenée clandestinement par son souteneur.

Baker fit une grimace. Les élancements dans son crâne se faisaient sans cesse plus douloureux.

— Je vais essayer de dormir un peu, dit-il. Nous partons toujours aujourd'hui ?

— Si tu te sens d'attaque, bien sûr.

— Je pense que ça ira. J'ai juste besoin de quelques heures de sommeil supplémentaires.

— Bonne fin de nuit.

Baker éteignit le visiophone et s'étendit sur le dos, les bras le long du corps. Il ne tarda pas à se laisser emporter par les vagues du sommeil, venues se substituer à celles de la souffrance lancinante que lui infligeait sa blessure.

La première chose qu'apprit William Baker en descendant prendre son petit déjeuner était que Sofia van Norden allait les accompagner sur Yegg-Sh'Tra. Il leur fallait un géologue qualifié et la jeune femme remplissait toutes les conditions, expliqua Ronny Blade avec un sourire en coin.

Elle arriva quelques instants plus tard, vêtue d'une mini-jupe à carreaux noirs et blancs et d'un simple bandeau de tissu élastique autour des seins. Une imposante malle dégravitée la suivait comme un gros chien, flottant à vingt centimètres du sol.

— J'ai emballé quelques vêtements et divers instruments, expliqua-t-elle. J'espère que vous avez de la place à bord de votre vaisseau.

— N'ayez crainte, la rassura Blade. Le *Maraudeur* est un géant de l'espace, l'un des plus gros cargos jamais construits. Seuls les grands paquebots interstellaires le dépassent en taille — et ils sont loin d'avoir sa maniabilité !

Elle lui dédia un regard enjôleur. Soudain de mauvaise humeur, Baker plongea le nez dans son bol. Pendant qu'il achevait son *brunch*, son associé narra à la jeune femme leurs aventures de la nuit. Loin de se donner le beau rôle, il fit de William un véritable héros, qui avait risqué sa vie pour sauver celle de la jeune indigène.

Mais Sofia n'avait d'yeux que pour Ronny Blade, constata Baker en repoussant son plateau.

— Vous dites qu'elle parle un dialecte inconnu ? s'enquit la jeune femme quand le récit fut fini.

— Inconnu des gens qui l'ont vue jusqu'ici. Vraisemblablement une langue de la jungle.

— Je parle moi-même une demi-douzaine de ces langues. Avant de travailler pour vous, je prospectais dans la jungle avec les équipes de la *Northamerican Space Unlimited*. Puis leurs méthodes ont commencé à me déplaire et j'ai pris ce job à Yungkhar. Mais j'ai eu le temps d'apprendre plusieurs dialectes de la famille fy'yatz, qu'on ne parle guère par ici.

— Elle doit être réveillée, à présent. Que diriez-vous d'aller essayer de communiquer avec elle ? Apparemment, elle ne comprend pas même un mot d'*omnia lingua*.

— C'est encore le cas de la majorité des N'Ghariens, murmura Sofia. Seuls ceux qui ont eu l'occasion de se trouver au contact des colons ont eu droit à l'hypno-enseignement. Il n'y a pas encore d'écoles terriennes dans les villages de la jungle.

« Très bien, allons-y.

La jeune N'Gharienne était allongée dans un lit trop grand, ses bras maigres posés sur le drap blanc. Non, pas maigres, *minces*, rectifia Baker. Cette fille n'était pas sous-alimentée, comme il l'avait cru au premier abord. Et les petits seins qui soulevaient le drap quand elle inspirait paraissaient fermes, nullement alanguis par la dénutrition.

Sofia s'assit à son chevet et lui posa une question en une langue rocailleuse. N'obtenant aucune réponse, elle passa à un dialecte plus flûté. Écarquillant les yeux, l'indigène se redressa et se mit à déverser un torrent de paroles.

— C'est du m'lark, que je parle couramment, dit la géologue. Elle s'appelle Llianlloo et vient effectivement de la jungle, mais elle ignore ce qu'elle fait à Yungkhar.

— Et au sujet de l'agression d'hier soir?

— Elle prétend ne pas connaître les deux hommes qui ont tenté de la tuer. Elle est arrivée en ville hier matin, sans argent, à bord de ce que je suppose être un glisseur de transport. Elle a traîné dans les rues toute la journée, puis elle a rencontré ses agresseurs qui, dès la nuit tombée, l'ont entraînée dans cette ruelle obscure pour la passer à tabac.

— Sans motif?

— C'est ce qu'elle a l'air de croire.

— Mais enfin, intervint Blade, elle doit bien avoir une raison de venir ici?

— Elle est apparemment incapable de l'expliquer. Je crois qu'elle ne tourne pas très rond. Il est fort possible qu'elle soit atteinte d'une forme d'amnésie sélective. Tous les souvenirs ayant trait à un aspect particulier de sa vie passée ont pu être oblitérés, de manière temporaire ou définitive, par le traumatisme de l'agression.

— Ou par un autre, directement lié à cet... « aspect particulier », fit Blade, songeur.

— En tout cas, cette fille est une énigme, constata Baker. Je me demande ce que nous allons en faire.

— La remettre aux autorités compétentes, je suppose.

William fusilla son associé du regard.

— Si tu veux mon avis, Llianlloo est en danger. Tu as pensé aux raisons qui l'ont poussée à venir ici, mais que fais-tu de celles qu'avaient ses agresseurs pour la battre à mort?

— Vous pensez qu'il y a un lien? interrogea Sofia.

— Cela me paraît évident, assura Baker. Llianlloo est en danger et nous devons la protéger. Où sera-t-elle plus en sécurité qu'à bord du *Maraudeur*?

— Pour ma part, je suis d'accord, dit Ronny, mais elle, qu'en pense-t-elle ? Posez-lui la question, Sofia, je vous prie.

— Elle est d'accord, affirma la jeune Terrienne après un rapide échange de sonorités liquides. Elle a toujours entendu dire qu'il ne fallait pas redouter les hommes venus du ciel, et après ce que lui ont fait les deux autres, elle se méfie de ses frères de race.

Quand le regard de Baker rencontra les yeux de Llianlloo posés sur lui avec reconnaissance et fascination, il sut qu'il avait pris la bonne décision. Cette petite était tout à fait à son goût, et il semblait qu'elle le trouvât au sien également. Dès qu'elle serait parfaitement rétablie, ils pourraient faire plus ample connaissance...

Llianlloo se redressa légèrement, faisant glisser le drap, qui dévoila un sein en poire, d'une jolie couleur brune. Mais ce ne fut pas le galbe de cette poitrine fugitivement dévoilée, ni la turgescence rose du téton érigé qui attirèrent l'attention de Blade et Baker.

Ce fut le serpent qui était tatoué sur la gorge de la jeune N'Gharienne.

Ricardo Fiora vint prendre congé vers midi,

accompagné de Gawang, son assistant, un N'Gharien qui avait reçu une parfaite éducation terrienne dans une université d'outre-planète. Les quatre associés venaient de finir le rapide en-cas qu'ils s'étaient octroyés avant le vol vers la capitale et se préparaient à quitter l'hôtel.

— J'espère que vous repartez satisfaits de cette visite d'inspection, dit le maire de Yungkhar.

— Nous aurions été bien plus satisfaits si vous ne nous aviez dissimulés certains détails, riposta Ronny Blade. Comme deux grèves générales, par exemple.

— Grèves qui vous ont obligé à remplacer la totalité du personnel, renchérit William Blade, le regard dur.

Fiora encaissa le coup sans broncher. Sans doute s'était-il attendu à ce que Sofia vende la mèche. Mais dans ce cas, pourquoi les avoir confiés à la jeune femme?

— Ce n'était qu'un incident, se défendit-il. L'incidence sur la production de l'année...

— La question n'est pas là! coupa sèchement Baker. Vous auriez *dû* nous en parler. Ne serait-ce que pour discuter des mesures à prendre en cas de nouvelle offensive des Ophiolâtres.

Gaxang tressaillit. Ce fut très bref, mais tous s'en rendirent compte.

— Eh bien, discutons-en, fit Fiora, mal à l'aise. Que proposez-vous ?

— Si cela se reproduit, doublez la paie des mineurs, conseilla Blade. Cela coûtera moins cher que de les licencier pour en embaucher d'autres.

— Vous ne comprenez pas, plaida son interlocuteur. Ils n'avaient pas de revendications. Rien n'aurait pu leur faire reprendre le travail — sauf peut-être notre départ, le départ de tous les Terriens !

— Qu'en pensez-vous, Gaxang ? interrogea Red Owens, à qui le sursaut du N'Gharien n'avait pas échappé.

— *Nzuungg* Fiora a pris la bonne décision, répondit celui-ci après une brève hésitation embarrassée. Il ne faut pas traiter avec les Ophiolâtres.

— Traiter ? Je croyais qu'ils n'avaient émis aucune revendication ? intervint Blade.

Gaxang et Fiora échangèrent un regard gêné.

— Un chamane est venu nous voir, expliqua le maire de Yungkhar. Il se disait envoyé par le Grand Serpent du Temps. Celui-ci lui avait prétendument ordonné de nous transmettre un ultimatum. D'après les termes de celui-ci, nous devions faire évacuer la concession à l'ensemble de la population terrienne, *en laissant intactes les installations* !

« Mais le plus curieux, c'est qu'il paraissait sincèrement désolé.

— *Désolé*? s'écria Andy Sherwood, qui n'avait pas encore pris part à la conversation. Ce sorcier ou je ne sais quoi vient vous ordonner de plier bagage d'un air *désolé*? Vous vous foutez de nous, mon vieux!

— Du calme, Andy, l'apaisa Baker. Tout a une explication; il suffit de la trouver.

— Tout à fait d'accord, opina Blade. Dans le cas présent, il faut analyser attentivement chaque étape du processus.

Fiora et son assistant le regardèrent sans comprendre. Il y avait de l'inquiétude dans les yeux étirés sur les tempes du N'Gharien.

— Quelle est la structure du mouvement ophiolâtre? Des fidèles que « couvrent » des chamanes, lesquels se prétendent inspirés par un mythique Grand Serpent du Temps, avec lequel ils communiqueraient à l'aide de drogues *a priori* hallucinogènes. *Si* ce Serpent existait, il est fort possible que certains prêtres, malgré leur foi, en viendraient à regretter ses décisions...

Cinq regards incrédules le firent s'interrompre. Non : *sept* regards, car Sofia van Norden et Llianlloo venaient de pénétrer dans la salle à manger. Non : *six*, puisque la jeune indigène n'avait pu comprendre un traître mot de son discours. L'étonnement que Blade avait saisi dans ses yeux sombres avait une tout autre raison.

— Ce n'était qu'une hypothèse, marmonna-t-il, tandis que son esprit continuait à fonctionner librement, associant les idées et les informations.

— Ricardo, je vous présente Llianlloo, dit William Baker.

— Je suis au courant de votre petite bagarre de la nuit dernière, répliqua Fiora.

— Elle va partir avec nous, poursuivit l'homme d'affaires.

Gaxang se raidit. Ses narines frémissaient. Après un bref instant d'hésitation, il fit un pas en avant et lança :

— Vous ne pouvez pas l'emmener.

— Pourtant, nous allons le faire, riposta Baker, surpris de sa réaction.

En deux autres pas, Gaxang atteignit Llianlloo. Il passa un bras autour de sa taille pour la retenir et, de l'autre main, tira brutalement sur le haut de sa robe, révélant le serpent tatoué sur le sein ferme de la jeune N'Gharienne.

— C'est une Ophiolâtre, une Adoratrice du Serpent ! cracha-t-il. Elle ne vous attirera que des ennuis. Qui qu'aient été ceux qui la frappaient, ils avaient leurs raisons de le faire et vous n'auriez pas dû vous interposer. Les N'Ghariens règlent leurs affaires entre eux.

Il libéra Llianlloo qui se précipita en pleurant dans les bras de Sofia.

— Vous oubliez que c'est la loi de l'empire qui a cours dans les concessions terriennes, répliqua Baker, le visage dur. Que les tribus de la jungle appliquant leurs coutumes ancestrales à leurs membres est tout à fait normal — sauf s'ils le font dans une enclave coloniale !

— Nous emmenons Llianlloo, appuya Ronny Blade. Et comme nous avons besoin d'un interprète pour pouvoir communiquer avec elle, je propose que Sofia nous accompagne également. Je lui en ai parlé ; elle est d'accord.

Une lueur égrillarde passa dans l'œil d'Andy Sherwood, qui avait passé une nuit fort agitée en compagnie de sa blonde de la veille au soir. Laquelle, une fois dans un lit, s'était révélée une vraie bombe sexuelle.

— Vous me privez de mon meilleur cadre.

— Ça, c'est *votre* problème, mon vieux, laissa tomber Andy. Mais nous vous faisons confiance : vous saurez vous débrouiller quelques jours sans elle. Ou alors, c'est que votre cas est désespéré et il conviendra de vous remplacer — par Sofia, par exemple.

Le directeur de la concession était blême. De grosses gouttes de sueur coulaient sur son front et ses joues.

— Andy plaisante, intervint Baker. Il n'est pas question de vous muter ou de vous mettre à la porte. Vous avez fait ce qu'il fallait faire au sujet de ces grèves, mais vous auriez dû nous en parler.

— Je n'ai pas osé. Je voulais que vous conserviez l'image que vous aviez de moi. Ces incidents...

— Vous n'êtes pour rien dans le fait qu'ils se soient produits, répliqua Blade. Vous vous êtes conduit en coupable alors que vous ne l'étiez pas.

Ricardo Fiora ne répondit pas, mais dans son expression il y avait toute la souffrance d'un homme qu'on avait autrefois injustement condamné. Baker s'avança et lui posa une main réconfortante sur l'épaule.

— Allez, ne vous en faites pas. Cette histoire est réglée, enterrée, oubliée. Vous conservez notre confiance, assura-t-il.

Mais en son for intérieur, il se demandait si c'était toujours le cas.

En dépit de son énorme masse, le *Maraudeur* se posa avec l'élégance d'un oiseau sur l'astroport de Nylghur, après un vol suborbital d'à peine un quart d'heure. Cette fois-ci, aucun détachement de la « spatiale » ne vint en accueillir les passagers. Red Owens donna quartier libre à ses hommes et, quand tout le monde eut quitté le bord, déclencha les défenses automatiques de l'astronef. Un invisible écran protecteur entourait désormais l'appareil d'une cloche de pure énergie, infranchissable pour quiconque ignorait le sésame.

Les quatre associés avaient décidé de prendre la ligne de métro express qui reliait l'astroport au centre-ville. Inutile de sortir des soutes un véhicule qui serait inadapté à la circulation urbaine. Ils traversèrent le grand hall en direction du terminus, en compagnie des deux jeunes femmes. Un paquebot était certainement annoncé, car plusieurs centaines de Terriens encombrés de bagages prenaient leur mal en patience.

— On dirait que la situation se détériore, commenta Sherwood.

— Qu'est-ce qui te fait dire ça? demanda Red Owens.

— J'étais sur Dolgunthia avant le grand soulèvement des Zuuns. Ces gens ne partent pas pour un voyage d'agrément, ils quittent *définitivement* cette planète!

Le pacha du *Maraudeur* venait d'ouvrir la bouche pour répondre quand un vacarme épouvantable lui tortura les tympans. Il se sentit soulevé, projeté dans les airs, heurta une paroi qui explosa autour de lui en éclats scintillants et, choqué, perdit connaissance.

Il revint à lui presque aussitôt et s'assit en se frottant le crâne. Il n'avait rien de cassé, mais tout son corps lui faisait mal. Regardant autour de lui, il découvrit Blade et Baker qui se redressaient en maugréant. Sofia se trouvait un peu plus loin, couchée près d'une Llianlloo inerte. Mais Red Owens termina son tour d'horizon sans découvrir la moindre trace d'Andy Sherwood.

— Une bombe! grogna Blade. C'était une bombe!

— Je crois qu'on s'en est tous aperçus, tenta d'ironiser Baker.

Red Owens ne fit aucun commentaire. Il y avait des blessés, peut-être des morts, et il devait retrouver Andy. Se mettant péniblement sur pied, il franchit d'un pas incertain la porte vitrée qu'il avait traversée comme un boulet, un moment plus tôt.

L'engin avait explosé au centre géométrique du hall circulaire, où s'ouvrait désormais un cratère de trois mètres de diamètre. Il y avait de nombreux blessés et peut-être des morts. Red Owens se pencha sur une femme blessée à la cuisse. L'artère fémorale ne semblait pas touchée, mais il lui fit tout de même un garrot.

Pendant ce temps, Blade et Baker avaient ranimé les deux jeunes femmes, Lanlloo venait de réussir à se relever quand un cri s'éleva d'un groupe de Terriens :

— Une face d'olive!

Les deux associés échangèrent un regard qui signifiait : « Les ennuis arrivent » et se préparèrent à l'affrontement.

Le meneur du groupe, un colosse brun au

faciès de brute, avec environ un millimètre de cheveux, s'immobilisa quand Baker s'interposa entre lui et la jeune N'Gharienne.

— Qu'est-ce que tu veux, moucheron? demanda-t-il d'une voix bovine.

Baker le toisa sans aménité.

— Qu'avez-vous l'intention de faire?

— Tordre le cou à cette pute. Tu couches avec, c'est ça? (Il se tourna vers ses compagnons, au nombre d'une dizaine.) Hé, les gars, un bouffeur d'olives!

Le groupe ricana et commença à se déployer en arc de cercle.

— Ce ne sont pas des passagers en instance de départ, souffla Blade. Ni des employés de l'astroport. Qu'est-ce qu'ils fichent là?

— Ils sont venus « casser » du N'Gharien, répliqua Sofia à voix basse.

— On va faire sa fête à ta copine! cracha le colosse. Et puis on va te régler ton compte et celui des deux autres. On n'aime pas trop les gens qui fricotent avec les faces d'olives, par ici.

À l'intérieur, Red Owens, qui cherchait toujours Andy Sherwood, releva la tête du corps qu'il était en train d'examiner. Plus rien à faire pour celui-ci, songeait-il quand il vit la douzaine d'hommes, armés de matraques et de battes de base-ball, qui encerclaient à présent Blade et Baker.

Une voix s'éleva dans son dos, celle de Chuck Nilson, le second du *Maraudeur* :

— Commandant, je vous cherchais...

— Tu sais où sont les hommes? riposta Red Owens sans se retourner.

— Avec moi. Personne n'est blessé.

Le pacha du *Maraudeur* tendit le bras en direction de la scène qu'il observait.

— Vous avez vu ce qui se passe?

— On dirait que nos chers patrons ont des ennuis, observa le coq. On y va?

Red Owens acquiesça silencieusement.

La situation paraissait désespérée. Llianlloo n'était de toute évidence pas en état de se défendre, ce qui les laissait à quatre contre un — à condition que Sofia eût quelques notions de la conduite à tenir en de telles circonstances. Quant à gagner du temps, il ne fallait pas y songer; les onze hommes n'attendaient qu'un geste de leur meneur pour passer à l'action.

— Si j'étais vous, dit soudain Ronny Blade avec un sourire angélique, je regarderai derrière moi.

— On ne nous la fait pas, grogna le colosse. La sécurité n'arrivera pas avant cinq bonnes minutes. On a tout notre temps.

Le dernier mot mourut en un gargouillement liquide tandis qu'ils s'effondrait, une bosse rose poussant à vue d'œil sur son crâne rasé,

Chuck Nilson venait de lui briser sur la tête une bouteille raflée au bar de l'astroport.

— On ne bouge plus, ordonna Red Owens.

Privés de leur chef, se découvrant encerclés, les agresseurs connurent un moment de panique. Deux d'entre eux tentèrent de s'enfuir, mais les hommes du *Maraudeur* veillaient.

— À votre place, je me tiendrais tranquille, conseilla Baker.

— Bouffeur d'olives! éructa un petit blond aux bras couverts de tatouages hideux.

Red Owens lui botta les fesses et il tomba face contre terre, marmonnant des imprécations inaudibles.

— Voilà la sécurité, dit soudain Ronny Blade.

Une trentaine de gardes en uniforme s'éparpillèrent à travers le hall dévasté, tandis qu'un groupe d'une dizaine seulement se dirigeait vers l'équipage du *Maraudeur* et ses prisonniers.

— Que se passe-t-il ici? demanda l'officier qui les commandait, un rude gaillard aux traits sévères.

Blade et Baker lui expliquèrent la situation, mais il les interrompit avant la fin :

— Vous vous êtes mis dans de beaux ennuis. L'homme que vous avez assommé est Bastien Peggi, le bras droit de Son Excellence Thard Valekor, ex-gouverneur de Joklun-N'Ghar.

— Je me contrefiche de savoir de qui il s'agit, rétorqua Baker. Nous avons été victimes d'une agression et je vous demande d'arrêter ces hommes.

— On les a pas touchés! s'écria l'un des voyous.

Ses compagnons renchérirent en chœur.

— On s'est juste contentés de les chahuter un peu. C'est vrai, quoi? Des bouffeurs d'olives, ça mérite pas mieux!

Le colosse avait repris connaissance. Aidé par deux de ses compagnons, il se redressa et déclara :

— Faut arrêter cette face d'olive! Quelqu'un a dû poser cette bombe et ça ne peut être qu'elle. Il n'y avait pas d'autre indigène dans le hall au moment de l'explosion.

— Nous n'avons pas quitté Llianlloo d'une semelle, coupa William Baker.

— Je suis désolé, dit l'officier, mais monsieur Peggi a raison. En cas d'attentat, la consigne est d'arrêter tous les N'Ghariens se trouvant dans un certain périmètre.

— Ah, vous n'allez pas vous y mettre aussi! rugit Ronny Blade. Nous pourrions bien finir par croire que vous êtes de mèche avec ces agitateurs!

— Agitateurs? répéta le colosse rasé. Nous ne sommes qu'une bande de copains venus boire un coup au bar de l'astroport...

— Et, accessoirement, casser du N'Gharien, compléta Red Owens, le regard mauvais. Ou de la N'Gharienne, dans le cas présent. Je ne sais pas ce qui me retient de...

— Oh si, tu le sais très bien, claironna Andy Sherwood dans son dos. Tu ne tiens pas à te retrouver en prison — et moi non plus, d'ailleurs. (Il agita le pistolaser qui prolongeait son bras droit.) J'ai trouvé ça sur un blessé. Je le lui rendrai quand les choses seront arrangées, d'accord ?

L'officier déglutit.

— Je dois arrêter cette indigène, insista-t-il.

— Cette « indigène », comme vous dites, est sous notre protection, riposta Baker. La *B and B Co* n'a pas l'habitude d'abandonner ses employés quand ils ont des ennuis.

— Vous me contraignez à user de la force.

— Oh non, fit Andy avec un sourire malicieux. Parce que, si vous posez un doigt sur Llianlloo, votre ami ratiboisé n'aura plus de problèmes de rasage crânien. Avec ce joujou, je me fais fort de le scalper à vingt mètres de distance.

— Nous n'aurons pas besoin d'en arriver là, intervint Blade. Un coup de visiophone au gouverneur devrait suffire à régler ce malentendu.

— Vous me demandez d'appeler le gouverneur ? s'écria l'officier, incrédule.

— Oui, pour lui dire que le bras droit de son prédécesseur a proféré des insultes à caractère raciste à l'encontre d'une jeune N'Gharienne que j'emploie comme secrétaire, répliqua sèchement Baker. Vous lui parlerez aussi des menaces que nous avons reçues... Et vous ajouterez que votre attitude elle-même n'est pas très claire et que nous vous soupçonnons d'être plus ou moins de mèche avec cette bande de loubards.

Son interlocuteur s'étrangla, tandis que des sourires ironiques apparaissaient sur les lèvres de plusieurs des gardes qui l'accompagnaient. La tension qui était dans l'air se relâcha quelque peu. Même les comparses du colosse au crâne rasé paraissaient désormais peu enclins à se battre; certains d'entre eux paraissaient même *soulagés*. Quant aux hommes du *Maraudeur*, qui ne refusaient jamais une bonne bagarre, ils étaient parfaitement conscients du fait que, cette fois-ci, mieux valait éviter l'affrontement.

— Très bien, dit l'officier. Circulez! Tous!

Bastien Peggi lui jeta un regard de haine.

Au lieu de prendre le métro, les quatre associés louèrent un turbocar profilé à la carrosserie chromée, qui pouvait emporter six personnes à près de quatre cents km/h, et un engin moins rapide mais tout aussi élégant pour Chuck Nilson et l'équipage.

— Ne nous séparons pas, dit Ronny Blade avant de monter à bord du véhicule. Ce soir, il faudra que vos hommes surveillent leur conduite : ils dînent en ville.

Tous descendirent à l'*Hôtel du bout des mondes*. L'équipage resta consigné dans les chambres pendant que Blade et Baker allaient se procurer auprès des services administratifs les caractéristiques des terrains sur lesquels le gouverneur avait attiré leur attention. Puis, à vingt heures, tout le monde alla s'asseoir dans la salle climatisée du *Palais des Gourmets*, le meilleur restaurant de Nylghur aux dires du réceptionniste.

Face à une telle tablée, les serveuses en minijupe irridescente ne tardèrent pas à déclarer forfait et ce fut un maître d'hôtel en smoking noir qui prit la commande, effectuant sans sourciller toutes les modifications qui lui étaient demandées et supportant les commentaires égrillards qui ne cessaient de fuser, malgré les récriminations de Red Owens, furieux de voir « ses » hommes se conduire aussi mal. Il est vrai que ceux-ci étaient encouragés dans cette attitude par Andy Sherwood qui, un whisky-*R'Toox* à la main, les relançait dès qu'il les sentait mollir.

— Tu tiens à toute force à nous faire remarquer, lui reprocha le pacha du *Maraudeur*.

Le barbu cligna de l'œil.

— Je sais. Ça minimise les risques.
— Quels risques?
— De se faire trucider. M'est avis qu'on s'est embringués dans une sale affaire... Des gamines, les filles de Bételgeuse? lança-t-il à l'attention du radio qui narrait ses mésaventures dans les maisons closes de Slikillini. Tu t'es laissé avoir, toi aussi : ta « Lolita » devait approcher le demi-siècle, au bas mot!
Toute la table se fendit d'un large éclat de rire qui fit sursauter une serveuse venue apporter l'entrée. Elle posa devant Baker et Llianlloo la soupe chinoise qui constituait leur entrée. Le businessman, qui avait passé la commande, dédia un sourire à la jeune N'Gharienne et, soulevant le couvercle de porcelaine, huma le parfum des crevettes aux champignons noirs et à la coriandre. Llianlloo l'imita.
Et poussa un hurlement strident, portant les mains à son visage comme pour tenter de réprimer ce cri.
Au milieu de son bol de soupe flottait une tête de serpent coupée.
— La condamnation des Ophiolâtres! laissa tomber la serveuse, atterrée.
Elle se mordit les lèvres, mais Baker lui avait déjà saisi le poignet pour l'empêcher de s'éclipser.
— Qui vous a dit de lui donner *ce* bol? rugit-il.

— Personne, balbutia la N'Gharienne. Nous avons deux modèles de bols : un pour les hommes, un pour les femmes. Et comme vous êtes les seuls à avoir pris cette entrée...

— Alors, ça s'est passé en cuisine! glapit Sherwood en se dressant, imité par la moitié des hommes d'équipage.

Blade les calma d'un geste.

— Peu importe la main qui a déposé cette charmante surprise. Elle appartient à un rouage, l'un des doigts de l'organisation ophiolâtre. Alors, à quoi bon enquêter? Il est de toute façon impossible de remonter plus haut que les chamanes!

— Et demain, nous serons tous en sécurité sur le continent Yegg-Sh'Tra, renchérit Baker sans cesser de tapoter la main de Llianlloo.

— Je vous trouve bien indolents, remarqua Andy.

— Apportez-nous la suite, ordonna Blade à la serveuse. Tu crois qu'elle prendra une autre soupe? demanda-t-il à Sofia.

Celle-ci interrogea la jeune N'Gharienne qui fit non de la tête. Elle semblait prête à fondre en larmes, mais sa beauté demeurait intacte, troublante avec ces yeux étirés sur les tempes et le dessin délicat de son nez pointu.

— Elle dit qu'elle n'a plus faim, traduisit Sofia.

— Deux hommes pour nous accompagner à

l'hôtel, réclama William Baker aidant Llianlloo à se lever.

Chuck Nilson et le coq se proposèrent. Quand ils furent partis, Andy Sherwood considéra la table partiellement désertée.

— Joklun-N'Ghar la Maudite, grogna-t-il comme pour lui-même. Voilà un nom tout à fait approprié.

Puis il s'empara de la tête de serpent qui flottait toujours dans le bol de soupe et la fourra dans sa poche.

CHAPITRE IV

Saghorn, unique localité du continent Yegg-Sh'Tra, étalait ses dômes de plastex sur la rive droite de l'estuaire d'un grand fleuve venu des monts de l'intérieur : le Kharghamm, dont le débit équivalait à celui du Congo terrestre. Bâtie suivant un plan d'une simplicité confondante — deux avenues parallèles nord-sud que coupaient trois rues orientées est-ouest —, la ville ne devait pas compter plus de cinq cents âmes, dont moins d'un quart de N'Ghariens.

Le seul terrain d'atterrissage aménagé, conçu pour recevoir des appareils de tourisme, ne convenait pas au *Maraudeur*, bien trop lourd pour la fine couche de bitume qui recouvrait les pistes. Il était également impossible à l'énorme astronef d'amerrir, comme les gros porteurs qui effectuaient la navette entre les deux continents de Joklun-N'Ghar. Après avoir tourné au moment au-dessus de la bourgade et de ses environs, Red Owens choisit une dalle de roc, deux kilomètres à l'ouest, qui semblait présenter toutes les garanties de sécurité.

Le vaisseau s'était immobilisé depuis moins de trois minutes quand un turbo-car dévala la rampe qui descendait des soutes, pour s'engager sur une vague piste tracée parmi les herbes hautes qui bordaient le rectangle rocheux. À son bord se trouvaient Blade, Baker, Sofia et Llianlloo. Red Owens et l'équipage restaient à bord pour remettre en état l'un des gyroscopes, qui avait présenté des signes de défaillance durant le voyage depuis Nylghur. Quant à Andy Sherwood, il dormait dans sa cabine.

À l'extérieur de Saghorn, une centaine de reptiles géants paissaient paisiblement dans un enclos fait de troncs dont le plus petit mesurait un bon mètre de diamètre. Ronny Blade arrêta le turbo-car et désigna une créature massive, dont la minuscule tête plantée à l'extrémité d'un cou interminable culminait à près de quinze mètres.

— Un authentique brontosaure, commenta-t-il. En tout point identique à ceux que l'on trouvait voici quelques dizaines de millions d'années sur notre bonne vieille Terre.

— Pourquoi les a-t-on parqués ici? interrogea Sofia. Les colons leur auraient-ils trouvé quelque utilité?

— C'est fort possible, assura Baker. Je distingue un petit objet métallique qui semble rivé à leur crâne — peut-être un inducteur télépathique. On ne peut pas dresser de telles créatures — leur cerveau est trop petit — mais on peut prendre artificiellement le contrôle de leur système nerveux. Cette technique est employée sur quelques planètes dépourvues d'infrastructure industrielle pour asservir les grands mammifères, mais j'ignorais qu'on avait réussi à l'appliquer aux reptiles.

Blade fit démarrer le turbo-car et mit le cap sur la ville proprement dite, dans un nuage de poussière ocre. Le *Maraudeur* avait quitté Nylghur deux heures après le lever du soleil mais, à Saghorn, c'était encore l'aube diaphane et vaporeuse des côtes de Joklun-N'Ghar; il n'y avait personne dans les rues pavées de granit.

Le premier individu que vit Ronny fut un grand gaillard aux cheveux blancs, fort occupé à se laver dans un baquet rempli d'eau. Il releva la tête en entendant le bruit du moteur du turbo-car, adressa un signe amical à ses occupants et poursuivit sa toilette sans plus se préoccuper d'eux.

Quelques instants plus tard, le véhicule s'arrêta devant le dôme le plus vaste, sur lequel une main maladroite avait peint le mot MAIRIE en *omnia lingua*. Les deux hommes sautèrent à terre, imités par Sofia. Llianlloo resta terrée au fond du turbo-car, visiblement très inquiète. Elle paraissait pourtant tout à fait détendue quand ils avaient quitté le bord.

— Llianlloo paraît nerveuse, remarqua Blade.

— Je crois que c'est à cause des reptiles géants, murmura Sofia. Dès qu'elle les a vus, elle s'est mise à trembler. Elle a répété deux ou trois fois le mot qu'utilisent ceux de son peuple pour désigner le Grand Serpent du Temps...

— Connaissait-elle l'existence de ces animaux avant de venir ici?

— Je vais lui poser la question.

Sofia alla se pencher à l'intérieur du turbo-car et prononça quelques mots dans la langue natale de la jeune N'Gharienne. Celle-ci lui jeta un regard inquiet et répondit brièvement.

— Non, elle n'en avait jamais entendu parler. Mais ce continent est *sacré*, dit-elle. Sacré depuis des temps immémoriaux.

Blade fit claquer ses doigts.

— J'ai trouvé ce qui ne va pas, s'écria-t-il. Avant la venue des Terriens, les N'Ghariens ignoraient l'existence de Yegg-Sh'Tra. Comment le continent aurait-il pu être sacré?

Baker haussa un sourcil.

— Très juste, approuva-t-il. Décidément, cette fille est une source de mystères...

— Et de problèmes, ajouta Sofia. Nous n'aurions pas dû l'emmener avec nous.

— Elle ne supportait pas de rester enfermée, lui rappela Baker. C'est une fille de la jungle ; elle a besoin d'être libre de ses mouvements.

— Sans compter qu'elle ne risque rien, ici, renchérit Blade. Les cent vingt ou cent trente indigènes qui vivent là ont été triés sur le volet. Pas d'Ophiolâtres parmi eux.

— C'est ce qu'on nous a dit, répliqua Will. Mais la réalité est peut-être très différente… (Il ferma les yeux, comme s'il se concentrait intensément.) *Si* le Grand Serpent du Temps existe réellement, il doit se trouver ici, non ? Sur le continent dévolu aux reptiles…

— Tu fais trop travailler ton imagination, diagnostiqua Ronny. Si tu te mets à croire aux légendes locales, maintenant…

— Il n'y a pas de fumée sans feu, observa Sofia.

Bill Payve, le maire de la petite communauté, était un petit homme rondouillard au nez chaussé de grosses lunettes cerclées de nacre. Il fut immédiatement sympathique à Blade et Baker, qu'il accueillit avec une bonne humeur non feinte. Après une demi-heure de discussion sur des sujets aussi variés que la rentabilité de Saghorn, les dangers représentés par les reptiles géants ou l'entrée de Zarvaloor, sa planète natale, dans la confédération, il leur proposa de visiter la ville.

Cela fut rapide. Hormis l'enclos des brontosaures — que doublait un puissant champ répulsif —, la conserverie de poisson qui se dressait à l'écart, à l'extrémité d'une petite péninsule, et la mairie, qui abritait également les laboratoires des chimistes, botanistes, zoologues et géologues, Saghorn ne possédait rien qui valût la peine d'être vu. C'était une ville de pionniers sur un continent neuf, vierge jusqu'ici de toute empreinte humaine; l'utilitaire prenait le pas sur l'agréable.

— L'ouverture se fera l'année prochaine, déclara Bill Payve alors que leurs pas les ramenaient vers la mairie. La concession accordée à Saghorn lui accorde un territoire de cinq cents kilomètres carrés, qui dessine grossièrement une bande de dix kilomètres de large sur un peu plus de cinquante de long. Il s'interrompt, au nord, sur les berges de la rivière Nar'Hav et descend, au sud, jusqu'à la Pointe de l'Astronaute Mort.

— Un nom plutôt lugubre, commenta Baker.

— Et insolite, puisque aucun astronaute n'est jamais mort sur ce continent, révéla le maire. Je ne sais même pas qui a baptisé ainsi cet endroit.

— Encore une bizarrerie supplémentaire, grogna Blade, à voix basse.

Sofia lui prit la main et la serra, comme pour

lui demander de se taire. Il éprouva une brève surprise, puis répondit à la pression des doigts de la jeune femme par un rapide mouvement de réconfort — lequel n'échappa ni à Baker, ni à Llianlloo, sur les lèvres de laquelle Ronny crut voir se dessiner un faible sourire.

Payve était amical mais quelque peu envahissant, et sa conversation souvent ennuyeuse. Blade et Baker réussirent à lui échapper pour le repas de midi, non sans avoir promis de dîner avec lui et son équipe au grand complet.

— Quel raseur ! s'écria Sofia dans le turbocar qui les ramenait à l'astronef. Il lui a fallu trois heures pour nous montrer ce que n'importe qui d'autre aurait visité en dix minutes.

— Consolez-vous, nous ne sommes pas entrés dans la conserverie, ironisa Baker.

— Remarque, intervint son associé, il suffisait de s'en approcher à moins de cent mètres. Quelle puanteur ! Et dire qu'il y a des gens qui travaillent là-dedans...

— Pas des gens : des N'Ghariens, coupa Sofia. Aucun colon, même le plus misérable, ne mettrait les pieds dans un tel endroit — à plus forte raison pour y travailler ! Nous savons maintenant pourquoi Saghorn a importé des indigènes.

Blade fut surpris par la dureté de son expression. Il voulut lui prendre la main mais elle le repoussa vivement, les yeux brillants.

— La colonisation ne profite pas aux N'Ghariens, reprit-elle. Seule une poignée d'entre eux évolue dans l'échelle sociale; les autres demeurent cantonnés dans les tâches les plus ingrates, celles dont personne d'autre ne veut.

— Je ne vois pas où vous voulez en venir, fit Baker.

— Les ouvriers de cette conserverie constituent, à mon sens, un terrain idéal pour le Culte du Serpent. Il suffirait qu'un seul chamane se soit glissé clandestinement parmi eux pour que tous soient acquis aux idées anticolonialistes des Ophiolâtres. (Ses lèvres tremblaient quand elle affronta le regard de Blade.) Écoutez, je suis *certaine* que Llianlloo est en danger dès qu'elle quitte le *Maraudeur*. Ne l'emmenez pas avec nous ce soir.

— Et elle, qu'en pense-t-elle? s'enquit Ronny.

— Je ne lui ai pas posé la question. Elle est déjà suffisamment terrifiée comme cela. Inutile d'accroître ses craintes. Mais je crois qu'elle a deviné, comme moi, que les sectateurs du Serpent la retrouveront jusqu'ici.

— Vous n'avez d'autre preuve que votre intuition féminine, objecta Baker.

— J'ai aussi de solides connaissances en sociologie, rétorqua la jeune femme. Plus un groupe social est pauvre et mis à l'écart, plus il épousera facilement les idées qu'on lui présentera comme révolutionnaires — et ce, même et surtout si ces idées conduisent en fait à une forme ou l'autre de totalitarisme.

— C'est du charabia, déclara Blade. Les N'Ghariens n'ont aucune conscience politique.

— Non, mais les...

Sofia s'interrompit. Une expression gênée passa sur son visage.

— Eh bien, allez-y, continuez, l'encouragea Blade.

— J'allais dire une bêtise. Excusez-moi, je me suis peut-être un peu laissée emporter. C'est un sujet qui me passionne tant...

— Comme je vous comprends, assura Ronny. Nous sommes nous aussi préoccupés par le sort des indigènes, mais avec toutefois moins de passion que vous...

Le turbo-car arrivait au *Maraudeur*. Chuck Nilson, qui déchargeait des palettes dégravitées avec l'aide de deux hommes d'équipage, vint à la rencontre de ses associés.

— Tout s'est bien passé? demanda-t-il.

— Ce fut un peu ennuyeux, répondit Baker en sortant du véhicule. Le maire de la ville est tout sauf un guide touristique. Nous avons échappé de justesse à la visite de la conserverie.

Le second du *Maraudeur* partit d'un grand éclat de rire.

— De notre côté, dit-il en recouvrant son sérieux, nous n'avons pas chômé. Le gyroscope a été déposé en moins de deux heures. Le commandant Owens pense que les réparations seront terminées et l'appareil remis en place demain matin au plus tard — et peut-être même ce soir.

— Parfait, assura Blade. De toute manière, nous n'avons pas besoin du vaisseau durant les jours à venir.

— Par contre, nous avons repéré des perturbations magnétiques qui brouillent les conversations radio. La liaison avec Nylghur est exécrable — à peine deux sur cinq et ça ne cesse de baisser.

— Vous avez une explication?

— D'après notre nouveau radio, Jeffrey O'Shawn, ce serait un phénomène météorologique périodique, lié au déplacement de poussière « chargée » dans l'atmosphère n'gharienne.

— Nous risquons d'être coupés de la capitale?

— Et du reste de l'univers. L'hyperradio est touchée, elle aussi.

Baker tressaillit.

— N'est-ce pas en contradiction avec l'explication que vous venez de nous fournir?

Nilson acquiesça, un pli soucieux barrant son front.

— En effet. À notre connaissance, *rien* ne peut affecter une transmission hyperspatiale.

— Sinon une autre émission, objecta Baker.

— Qui aurait intérêt à nous isoler ? intervint Sofia en tirant sur le bas de sa minirobe qui plissait au niveau des hanches.

— Rien ne prouve que *nous* sommes visés, fit Blade. Et rien ne prouve qu'il ne s'agit pas là d'un phénomène tout à fait naturel, quoique jamais répertorié à ce jour.

— Tu as raison, renchérit son associé. Il règne sur cette planète une contagieuse atmosphère de paranoïa. Ne nous laissons pas entraîner dans l'engrenage. Après tout, nous ne sommes que des hommes d'affaires venus inspecter un terrain avant sa mise aux enchères.

Chuck Nilson désigna discrètement Llianlloo qui s'était accroupie à l'écart et paraissait perdue dans la contemplation d'une touffe d'herbe aux brins torsadés.

— *Elle* serait une bonne raison de nous en vouloir.

— Certainement, concéda Ronny, mais les Ophiolâtres ne disposent pas des moyens techniques nécessaires pour empêcher toute transmission hyperspatiale, n'est-ce pas ?

Son associé et le second, qui le connaissaient bien, notèrent avec étonnement le ton sur lequel il avait prononcé cette affirmation. De son côté, Sofia ne semblait pas avoir relevé l'ironie contenue dans sa voix.

— Toi, tu as une idée derrière la tête, lui souffla Baker un peu plus tard, alors qu'ils gravissaient l'escalier de coupée.

Blade lui décocha une bourrade amicale.

— Ce n'est qu'un jeu... Pour le moment. Si les choses venaient à se préciser, je pense qu'il vaut avoir une théorie toute prête, tu ne crois pas ?

— Et sur quoi baserais-tu cette théorie ?

— Sur l'observation, comme dirait Sherlock Holmes. Observation et déduction sont les deux mamelles de l'enquêteur.

Le repas du soir, que Blade et Baker avaient imaginé parfaitement sinistre, fut au contraire fertile en émotions de toutes sortes.

Tout d'abord, Llianlloo insista pour les accompagner. Elle ne se sentait en sécurité qu'auprès de William Baker, assura Sofia, et ne voulait pas rester à bord du *Maraudeur*, même sous la protection de quatre hommes d'équipage. Après une discussion animée, qui dura un bon quart d'heure, il fut décidé qu'elle viendrait en ville avec eux, à condition qu'elle accepte de rester consignée à bord quand ils partiraient explorer leur — peut-être — future concession.

Près du tiers de la population de Saghorn se

trouvait dans la grande salle de la mairie quand les quatre associés y entrèrent, accompagnés des deux jeunes femmes et de six membres de l'équipage. Ces derniers portaient des paralysateurs, ce qui souleva un murmure indigné parmi les personnes présentes; l'étiquette voulait en effet qu'on déposât ses armes à l'entrée.

Blade et Baker étaient fort occupés à négocier avec le maire pour que leurs hommes puissent entrer malgré tout, quand un N'Gharien surgi de nulle part se rua sur le second. Celui-ci crut qu'il voulait l'agresser, mais l'indigène se contenta de lui glisser dans la main un petit rouleau de papier avant d'être entraîné au-dehors par deux miliciens en uniforme d'apparat.

— Il ne vous a pas fait de mal? interrogea Payve.

— Non, ça va, répondit Baker en fourrant discrètement le rouleau dans sa poche. Je me demande ce qu'il voulait. Il n'a pas dit un mot, n'a pas tenté de me frapper...

— Il n'était pas armé, dit l'un des miliciens qui revenaient déjà. Nous l'avons enfermé dans une réserve.

— C'est un ouvrier de la conserverie? s'enquit le maire de Saghorn.

— Non, il n'avait pas de bracelet d'identification. Je me demande comment il a pu arriver ici.

S'excusant pour l'incident, Bill Payve proposa à ses hôtes de passer à table. Un banquet était servi dans la pièce voisine. Dix minutes plus tard, tout le monde mangeait à belles dents. Un domestique n'gharien en smoking vint servir le vin, un bordeaux à la robe chatoyante. Blade prit son verre, le huma avec délices. Il s'apprêtait à le porter à ses lèvres, quand Llianlloo, qui était assise à sa droite, le lui fit voler des mains en criant quelque chose dans sa langue.

Deux miliciens arrachèrent à son siège la jeune femme et commencèrent à l'entraîner hors de la pièce. Baker s'interposa.

— Que faites-vous? Cette jeune femme est avec nous?

— C'est une N'Gharienne. Elle a frappé un Terrien. Elle doit être incarcérée, c'est la loi sur ce continent.

— Elle ne m'a pas frappé, elle m'a fait sauter des mains mon verre, intervint Ronny Blade. Qu'a-t-elle dit, Sofia?

— Elle a parlé de poison, souffla l'adorable créature en lui prenant la main.

— Allez, libérez-la! ordonna Baker.

Les miliciens secouèrent la tête.

— Pas question, trancha le maire. La loi est la loi. S'il y a effectivement du poison dans ce verre, elle sera innocentée et nous la libérerons. Mais s'il n'y en a pas, alors elle a tenté de frapper un Terrien et devra être rapatriée à Nylghur pour y purger une lourde peine de prison, tout comme l'homme qui vous a agressé tout à l'heure.

— Vous ne pouvez pas faire ça! s'écria Baker.

Bill Payve se redressa de toute sa petite taille et, bombant le torse, rétorqua agressivement :

— Avec tout le respect que je vous dois, je suis encore le guide de cette communauté et mes décisions ne peuvent être contestées. Yegg-Sh'Tra est une Frontière, messieurs. Nous ne pouvons permettre aux indigènes les mêmes débordements que sur le reste de la planète. À Nylghur, à Ghlorph, à Dekshnann, les Ophiolâtres assassinent des dizaines de colons innocents. Ici, nous vivons en paix, car les faces d'olives savent ce qui les attend en cas de rébellion.

— Très bien, céda Baker. Vous gardez Llianlloo. Mais veillez bien sur elle. S'il lui arrive quoi que ce soit...

— Il ne lui arrivera rien. Emmenez-la! conclut Payve à l'intention des miliciens, qui s'exécutèrent.

Llianlloo s'était laissée faire passivement, résignée à son sort. La dernière chose que William Baker vit, avant qu'elle ne disparaisse hors de la pièce, fut son regard ardent, dirigé droit sur lui.

— Je te tirerai de là, Llianlloo, grommela-t-il entre ses dents. Je te tirerai de là, je le jure.

Red Owens s'éveilla en sursaut. Un buzzer résonnait à ses oreilles. Il s'assit dans l'obscurité, jeta un coup d'œil à l'horloge lumineuse, réglée sur le cycle nycthéméral de Joklun-N'Ghar. Le milieu de la nuit. Que se passait-il ?

Il enclencha d'un coup d'ongle le télévisionneur, sur lequel apparut le visage de Chuck Nilson, qui était de garde cette nuit-là.

— Commandant, nous avons de la visite. Au moins quatre ou cinq personnes qui s'approchent en rampant.

— Réveillez tout le monde. Je vais jeter un coup d'œil. La passerelle est relevée ?

— Non, malheureusement.

— C'est parfait, au contraire. Avec de la chance, on va pouvoir en capturer un ou deux... Je vais essayer de les prendre au piège. Que l'équipage s'arme et se regroupe dans la soute principale, à l'écart de la passerelle.

— Vous comptez les attirer à l'intérieur ?

— Je vais leur ficher une trouille de tous les diables !

Red Owens s'habilla rapidement, chaussa ses bottes et descendit jusqu'au sas ventral situé à l'arrière du *Maraudeur*. Il l'ouvrit et déplia une échelle de synthex capable de supporter vingt tonnes malgré l'extrême finesse de ses barreaux et échelons, lesquels ne dépassaient pas un centimètre de diamètre.

Un instant plus tard, Owens se plaqua sur le sol, trente mètres plus bas. Le plus difficile était fait. Les hommes qui rampaient dans les ténèbres l'avaient-ils repérés ? Il n'allait pas tarder à le savoir si c'était le cas.

Il attendit trois minutes, couché sur le roc, derrière un empilement de caisses destinées à recueillir des échantillons minéraux. De temps à autre, il lui semblait percevoir comme des frottements, mais il était incapable d'en situer l'origine.

Poussant un soupir silencieux, il chaussa les lunettes infrarouges dont il avait pris soin de se munir. L'obscurité vira à une pénombre rougeâtre où étincelaient une demi-douzaine de taches plus vives qui se déplaçaient avec une étrange lenteur.

Red Owens porta son communicateur à ses lèvres. Sur de très courtes distances, la bande FM était encore utilisable.

— Chuck ? Où en êtes-vous ?

— Tout le monde est là, commandant. Messieurs Blade, Baker et Sherwood brûlent de vous rejoindre.

— Dites-leur d'aller se poster en haut de l'escalier de coupée numéro deux. Il y a un type qui semble vouloir l'escalader... Oui, il a posé le pied sur la première marche.

— Ils sont partis, commandant. Tout va bien ?

— Oui, mais j'aimerais quand même savoir ce qu'ils ont comme armes. Et qui ils sont, surtout.

— Et ce qu'ils nous veulent, compléta Ronny Blade qui avait dû suivre toute la conversation à l'aide de son communicateur personnel.

Sans répondre, Red Owens entreprit de ramper le plus silencieusement possible en direction de deux des taches lumineuses qui, pour une raison inconnue, s'étaient écartées du reste du groupe. Malgré la fraîcheur nocturne, la sueur perlait sur son large front constellé de taches de rousseur.

Un coup de feu creva la nuit, immédiatement suivi du sifflement d'un pistolaser.

— Que la lumière soit ! ordonna Blade et Baker dans le réseau de communication.

Vingt projecteurs s'illuminèrent juste à temps pour que tous puissent voir le corps inerte qui tombait en roulant le long de la passerelle. Tous — sauf Red Owens, que ce subit afflux de luminosité avait tout simplement aveuglé ! Il ferma les yeux et, à tâtons, ôta ses lunettes infrarouges. Quand il releva les paupières, le dernier visiteur nocturne était sur le point de sortir de la zone éclairée. Le pacha du *Maraudeur* leva son arme, ajusta le fuyard

— mais celui-ci s'engloutit dans les ténèbres sans lui laisser le temps de presser la détente.

— Tout va bien ? lui cria Sherwood du haut de la passerelle.

Red Owens se releva en maugréant et marcha jusqu'au corps, qu'il retourna du bout de la botte. Avec ses yeux étirés sur les tempes, le regard du N'Gharien paraissait plus fixe encore.

— Il est mort, annonça Owens. Il a dû se tuer en tombant.

— Nous avons bien tenté de le capturer, dit Blade en le rejoignant, mais il avait un antique pistolet à balles. Un homme est légèrement blessé à l'épaule, d'ailleurs. Sherwood l'a paralysé mais il a basculé en arrière dans son dernier mouvement pour s'enfuir...

— Galaxie ! Un Colt 45 ! s'écria Andy Sherwood en se baissant pour ramasser l'arme du mort. Où a-t-il trouvé un tel engin ?

— Des Terriens le lui ont donné, lâcha Baker. Tout commence à s'éclairer ; il y a du trafic d'armes là-dessous. Fais voir ce revolver, Andy. (Il s'empara du Colt et l'étudia rapidement.) C'est une copie. Récente, qui plus est. Alliage inoxydable, crosse en pseudo-bois, barillet comportant sept logements pour les balles, et non six comme sur les modèles d'origine.

— Je n'aime pas ça du tout, grogna Red

Owens, qui ne pouvait détacher le regard du cadavre.

— En tout cas, nous avons maintenant la preuve que quelqu'un manipule les Ophiolâtres, dit Blade, le sourire aux lèvres.

Il s'agenouilla près du corps et entreprit de défaire le pagne de tissu rêche qui en ceignait les reins.

— Que fais-tu? demanda Baker.

— Si les sectateurs tatouent leurs adeptes féminines sur le sein, à ton avis, quel endroit choisissent-ils chez les hommes? Tu vois, j'avais raison, conclut son ami en ouvrant les plis du pagne.

Un serpent rouge et noir était en effet gravé sur la peau du pénis de l'indigène. La tête en ornait le prépuce, tandis que la queue remontait jusqu'au nombril à travers la broussaille des poils pubiens.

— Brrr, commenta Sherwood. Drôle d'endroit pour se faire tatouer!

Le lendemain matin, les quatre associés tinrent un conseil de guerre dans la cabine du capitaine. Sofia n'était pas au courant de cette réunion. Blade pensait en effet qu'il était préférable de ne pas trop lui faire confiance pour le moment. Il lui semblait avoir relevé des incohérences dans son attitude, sans pouvoir préciser en quoi elles consistaient. La conversation roula un moment sur la jeune femme et l'attitude à adopter par rapport à elle, puis ils abordèrent l'ordre du jour : le rouleau de parchemin que l'indigène avait, la veille au soir, glissé dans la main de William Baker.

— Je n'ai jamais vu d'écriture semblable, assura celui-ci en posant l'objet au centre de la petite table.

Blade s'en empara et le déplia sur quelques centimètres. Des courbes élégantes, qui évoquaient quelque peu l'alphabet géorgien, se pressaient les unes contre les autres, parfois savamment entrelacées.

— Je vais le scanner, décida-t-il, et envoyer une copie numérisée au centre de... (Il se frappa le front.) J'avais oublié que nous étions privés de radio.

— Et ça n'a pas l'air de s'arranger, annonça Red Owens. Nous ne recevons même plus Nylghur.

— Je le ferai donc dès que les communications seront rétablies. En attendant, il y a une question plus urgente à régler : Llianlloo.

— Le résultat de notre analyse indique la présence d'une substance inconnue, très toxique. Tu aurais été foudroyé rien qu'en trempant les lèvres là-dedans, William.

— Mais pourquoi moi ?

— Parce que tu es trop proche de Llianlloo aux yeux des Ophiolâtres, si tu veux mon opinion. Cette fille n'est pas une simple sauvageonne de la jungle. Tu ne t'es pas demandé comment elle a pu savoir qu'il y avait du poison dans ton verre?

Baker secoua la tête.

— J'avoue que je ne m'étais pas posé la question.

— Parce qu'elle a vu *qui* l'y a mis. Rappelle-toi bien la scène. Le serveur n'gharien a rempli une dizaine de verres avec la même bouteille. Et seul le tien était empoisonné; plusieurs personnes avaient déjà bu avant l'incident et aucune d'elles n'a eu l'air de s'en porter plus mal. Conclusion, quelqu'un a réussi à glisser cette saleté dans ton vin pendant les quelques secondes qui ont séparé le remplissage du verre de la réaction de Llianlloo, et c'est parce qu'elle avait vu ce qui s'est passé qu'on l'a séparée de nous.

Baker s'épongea le front. Il avait bien imaginé des scénarios de ce genre, mais celui que venait de lui proposer son acolyte répondait à presque toutes les questions. Et son esprit, qui avait jusque-là buté sur des détails futiles, se remettait soudain à fonctionner à une vitesse accélérée.

— C'est pourquoi tu te méfies de Sofia?

Ronny Blade hocha gravement la tête.

— Le mot qu'a crié Llianlloo ne signifiait pas *poison*, j'en jurerais. Elle nous désignait l'empoisonneur — et Sofia a... « mangé » l'information.

Baker se leva, aussitôt imité par Sherwood.

— Allons la libérer, décida-t-il. Et essayons d'obtenir également la libération du N'Gharien qui m'a donné ce rouleau de parchemin.

— Si tu veux mon avis, on est mal barrés, observa Andy. Mais, poursuivit-il face au regard furibond de son associé, ça ne coûte rien d'essayer, pas vrai ?

— Payve ne pourra pas retenir Llianlloo plus longtemps ; elle a sauvé la vie de Will, lui rappela Red Owens. Le chef d'accusation tombe de lui-même.

— Espérons-le, soupira Ronny Blade.

Le toxicologue de la petite colonie avait réussi à identifier le poison utilisé : il s'agissait de sylghur, une substance très dangereuse, aux effets voisins de ceux de l'acide prussique. Pourtant, Bill Payve se refusait toujours à libérer Llianlloo — et, à plus forte raison, l'indigène inconnu qui avait remis à Baker le rouleau de parchemin.

— Nous avons eu un peu d'agitation, cette nuit, expliqua-t-il sans se lever de son bureau encombré de paperasses. Des Ophiolâtres ont apparemment réussi à s'infiltrer parmi les N'Ghariens triés sur le volet de Saghorn. Il y a eu un début de grève à la conserverie, pendant que nos domestiques manifestaient devant la mairie. J'ai été obligé d'ordonner l'arrestation de tous nos travailleurs indigènes, en attendant de pouvoir les renvoyer sur le continent principal. La sécurité de la colonie en dépend.

— Gardez « vos » N'Ghariens mais rendez-nous « la nôtre », répliqua Baker, insistant bien sur les guillemets pour montrer à son interlocuteur qu'il ne partageait pas tout à fait ses opinions sur la manière dont on devait traiter les indigènes.

— C'est totalement hors de question. Dans soixante-douze heures, il n'y aura plus une seule face d'olive sur ce continent. Ce qui ne sera que justice, quand on y réfléchit bien : c'est nous qui les y avons amenés, ils n'ont aucun droit sur Yegg-Sh'Tra.

« Quant à vous, je me vois obligé de vous conseiller d'éviter de vous mêler de ce qui ne vous regarde pas.

— Nous sommes au contraire directement concernés, riposta Ronny Blade. Le *Maraudeur* a été attaqué cette nuit par une demi-douzaine d'hommes, dont au moins un Ophiolâtre. Nous avons laissé son corps à l'infirmerie. Je ne sais pas ce que lui et ses complices comptaient faire de nous, mais je ne pense pas qu'ils voulaient nous féliciter. Que vous le vouliez ou non, nous sommes *impliqués* dans ce qui se passe ici.

Le maire serra les dents. Ses yeux lançaient des éclairs de colère.

— Je suis la plus haute autorité de ce continent, cracha-t-il. En l'absence de communications avec le reste de la planète, j'ai tout à fait le droit de proclamer la loi martiale et de saisir votre astronef. Ne m'y contraignez pas.

— Quel jeu jouez-vous? interrogea Sherwood. Où sont vos intérêts?

On frappa à la porte. Payve cria d'entrer. Un mulicien fit irruption dans le bureau, haletant. Il y avait quelques minuscules taches de sang sur son uniforme blanc.

— La N'Gharienne..., haleta-t-il. Votre amie, ajouta-t-il à l'intention des quatre associés. On a tenté de l'assassiner dans sa cellule.

[illegible] sentes dans [illegible]
[illegible]
— [illegible] la plus haute [illegible]
[illegible] cherche-t-il [illegible]
[illegible] avec le reste de la planète [illegible]
[illegible] de produire la loi [illegible]
[illegible]
— Quel [illegible] offre-vous [illegible]
[illegible] ont vos intérêts [illegible]
[illegible]
[illegible] dans le [illegible]
[illegible]
[illegible]
[illegible]
[illegible] à l'invention [illegible]
[illegible] dans [illegible]

CHAPITRE V

Llianlloo reposait à présent dans une cabine du *Maraudeur*, hors de danger. Il avait fallu deux heures au chirurgien de Saghorn pour la tirer d'affaire, en une lutte de tous les instants contre la mort. La jeune femme était d'une robuste constitution ; son cœur avait tenu. Et malgré la gravité initiale de ses blessures, il avait même été possible de la transporter jusqu'au vaisseau, où elle serait en sécurité.

Quand Bill Payve avait décidé de mettre sous les verrous la population n'gharienne de « sa » ville, la jeune femme s'était retrouvée avec une vingtaine de ses semblables — et l'un d'eux l'avait poignardée à trois reprises dans la confusion. Il était difficile de dire lequel : la moitié des indigènes présents avaient été éclaboussés par le sang jailli des blessures de Llianlloo, mais aucun ne paraissait avoir vu le criminel agir. Ou alors, ceux qui avaient vu quelque chose avaient peur, ce que les quatre associés comprenaient parfaitement, vu les procédés plutôt expéditifs que semblaient affectionner les Ophiolâtres.

Il était désormais temps de partir inspecter la concession qu'on leur avait signalée. Blade et Baker repoussèrent l'idée d'utiliser une plate-forme de reconnaissance dégravitée ; sur ce continent vierge, autant jouer le jeu d'un retour à la nature « amélioré ». Il fut donc décidé de louer une dizaine de brontosaures équipés d'un inducteur télépathique. Andy Sherwood se chargea d'aller les chercher, en compagnie de Chuck Nilson et de deux hommes d'équipage.

Quand les puissantes créatures furent réunies à proximité du *Maraudeur*, Red Owens déclara qu'il n'accompagnerait pas ses associés jusqu'à la concession. Il avait, prétendait-il, du travail sur les générateurs, qui ne fonctionnaient qu'aux cinq sixièmes de leur rendement depuis le début de la perturbation magnétique qui rendait les communications radio impossibles.

— Notre cher Red a peur de ces grosses bêtes, ironisa Andy du haut du brontosaure qu'il s'était choisi pour monture. À côté du *Maraudeur*, ce ne sont pourtant que de misérables insectes !

Ronny Blade escalada lentement l'échelle qui pendait sur le flanc gris-vert d'un reptile, dont la longueur atteignait près de vingt-cinq mètres de la tête à la queue. Une selle sophistiquée couronnait l'échine écailleuse. Ron s'installa à califourchon, passa ses pieds dans les étriers de métal et boucla la ceinture de sécurité avant de déplier le dossier amovible.

— C'est très confortable, assura-t-il.

— Ça le sera moins quand l'animal se déplacera, assura Sofia, qui avait revêtu pour l'occasion une combinaison prune qui moulait à merveille sa plastique impeccable.

Baker alla à son tour se jucher sur un brontosaure. Les quatre hommes d'équipage destinés à accompagner l'expédition étaient déjà en selle, prêts à partir. Ils avaient passé la matinée à charger les montures de tout le matériel indispensable. Outre son cavalier, qui ne pesait pas plus qu'une plume, un reptile géant de cette taille pouvait porter plusieurs tonnes durant des heures sans se fatiguer.

— L'avantage d'un système nerveux réduit à sa plus simple expression, avait commenté Andy Sherwood. Ils n'ont pas besoin d'un cerveau ; une moelle épinière leur suffit largement.

— Surtout avec l'inducteur télépathique, avait renchéri Ronny Blade.

Red Owens s'avança précautionneusement vers l'un des trois brontosaures restés libres. De son côté, Sofia, prenant son courage à deux mains, avait entrepris de gravir l'échelle de xylon. Le pacha du *Maraudeur* lui jeta un coup d'œil et l'imita après un instant d'hésitation.

— Finalement, tu viens avec nous? demanda Andy quand Owens se fut installé sur la selle, perchée à plus de dix mètres du sol.

— Les générateurs attendront. Je confie la garde du vaisseau — et de Llianlloo — à Chuck.

« Bon, comment ça marche, ce truc?

— Simple, expliqua Sherwood. Tu as un petit ensemble de commandes à l'avant de la selle. Ça fonctionne comme un *joystick*. Tu manipules l'extrémité du pommeau pour faire avancer, reculer ou tourner la bête. Les boutons autour sont des commandes annexes : super-vitesse, escalade, contrôle télépathique direct, etc. Tu n'auras pas à t'en servir, rassure-toi.

— En route! lança Blade.

Les brontosaures s'ébranlèrent lourdement. Celui de Red Owens semblait avoir des difficultés. Il se déplaçait en crabe, la queue dressée de travers, la tête au ras du sol.

— Tu as un problème? lui lança Baker.

— Je ne sais pas ce qui se passe. Il répond complètement de travers à mes instructions. Quand je lui dis d'avancer, il se met à marcher de travers et quand je veux qu'il tourne, il agite la tête mais continue tout droit.

— Tout à l'heure, pourtant, il avait l'air tout à fait normal, émit Sherwood.

La monture d'Owens se dressa soudain sur ses pattes arrières. Sans sa ceinture, son cavalier aurait été promptement éjecté. Il agitait en tous sens le levier de commande devenu inutile.

Puis l'énorme animal se calma et retomba sur ses quatre membres massifs. D'humeur vagabonde, il commença à s'écarter du reste du groupe pour brouter les feuilles bleu-vert d'un arbuste rabougri. Cette fois-ci, lorsque Red Owens tenta de faire usage du *joystick* de commande, le brontosaure répondit parfaitement aux sollicitations de l'appareil. Le Pacha du *Maraudeur* s'épongea et, très digne, rejoignit ses compagnons hilares.

— Un faux contact, sans doute, laissa-t-il tomber en prenant la tête de la petite colonne.

Ils remontèrent l'estuaire du Kharghamm sur une vingtaine de kilomètres, jusqu'à l'embouchure de la rivière Nar'Hav, qui marquait la limite nord de l'enclave de Saghorn — et par conséquent la frontière sud de la concession pour laquelle ils étaient venus. En l'absence de pont, il fallut traverser à la nage ; leurs montures étaient par bonheur des créatures très à l'aise dans un milieu aquatique et, malgré un fort courant, elles les amenèrent à bon port tous les neuf. Le dixième brontosaure, par contre, échappa soudain au contrôle de l'inducteur et fut emporté par un tourbillon. Blade crut le voir réémerger sur la berge un bon kilomètre plus loin, mais la distance était telle qu'il n'en était pas tout à fait sûr.

Une fois sur l'autre rive, ils s'arrêtèrent et, du haut de leurs montures massives, contemplèrent le paysage qui s'étendait devant eux, un paysage où cactus de trente mètres de haut et arbustes souples aux couleurs vives voisinaient avec des graminées géantes, un genre de chêne-liège à feuilles triangulaires et de nombreux buissons et herbacées aux formes étranges et aux couleurs voyantes. À l'horizon, il était possible de distinguer la crête dentelée de lointaines montagnes enneigées.

— La concession représente quinze mille kilomètres carrés, annonça Baker. D'après la carte géologique, la moitié Est est composée d'alluvions tandis qu'à l'Ouest, l'assise rocheuse est apparente.

— C'est donc vers l'ouest que nous allons nous diriger, conclut Ronny Blade. Ressources minières avant tout. Nous trouverons sans difficulté un usage à la zone alluviale.

— Pourquoi pas un parc naturel? suggéra Sherwood. Ici, nous sommes en amont de Saghorn; les déchets industriels ne risquent pas de remonter le fleuve. Et quand la région sera suffisamment peuplée, les gens viendront y passer leurs jours de congé...

— Je pensais plutôt à des cultures expérimentales. Il doit bien y avoir quelques plantes rares à qui ce milieu profiterait.

— On dit que l'orchidée bleue n'gharienne est en voie de disparition, intervint Sofia. C'est une fleur qui pourrait tout à fait s'adapter par ici.

— Au lieu de tirer des plans sur la comète, intervint Baker, si nous faisions encore quelques kilomètres avant de camper pour la nuit ?

Le détecteur portatif que Ronny Blade portait au poignet commença à s'allumer dès qu'ils atteignirent l'assise rocheuse qui formait le premier contrefort des lointaines montagnes. Il y avait là du tungstène, de l'uranium et d'incroyables quantités de terres rares, sans parler de l'osmium, du mercure et de l'or qui abondaient eux aussi.

Ils firent halte une heure avant la tombée de la nuit, dans une cuvette peu profonde mais abritée du vent qui soufflait de la mer. D'un diamètre de cinq cents mètres environ, elle s'ouvrait au flanc d'une colline basse, face à la rivière.

— Un endroit idéal pour construire une ville, estima William Baker en mettant pied à terre. La pente est douce jusqu'à la Nar'Hav ; un chemin de fer monorail pourrait effectuer la liaison avec un petit port. Et cette terrasse, un peu plus haut, me paraît idéale pour installer un aéroport destinés à des avions moyen-porteurs.

— C'est toi, maintenant, qui te laisse aller à rêvasser, souligna Blade.

Son ami eut un chaud sourire qui éclaira son visage sympathique.

— N'es-tu pas d'accord avec moi ? Ce serait une petite ville, bien sûr, pas plus de deux mille habitants, mais elle servirait de relais entre les exploitations minières de l'intérieur et les installations d'expédition. Et la terre est suffisamment fertile pour lui permettre de produire sa propre nourriture. Voilà une concession qui ne coûtera pas cher à entretenir, si tu veux mon avis. Et qui nous posera beaucoup moins de problèmes que Yungkhar... Enfin, espérons-le.

Les hommes d'équipage préparèrent un grand feu, car la température baissait très rapidement dès le coucher du soleil. Des cris d'animaux étranges s'élevaient dans le soir, sous les scintillements des premières étoiles. À cette distance de la Terre, il n'y avait plus guère de constellations reconnaissables, songea Red Owens en aidant le coq à déballer les ingrédients et ustensiles dont celui-ci avait besoin pour préparer le repas.

— Les N'Ghariens ont-ils défini et nommé

des constellations? demanda-t-il à Sofia van Norden.

Celle-ci redressa la tête avec une excessive lenteur. Elle paraissait soucieuse, mais sans doute n'était-elle que dépeignée car, tirant une brosse de son sac, elle entreprit de démêler ses cheveux d'or pâle avant de répondre :

— Leur nom et leur apparence changent selon les peuples, mais la plupart des cosmogonies de l'hémisphère nord se ressemblent dans leurs grandes lignes. Pour les Ophiolâtres, seule change l'appellation de la Voie Lactée... Ils la nomment, bien évidemment, le Grand Serpent du Temps.

— Leur dieu serait donc, en fait, la Voie Lactée? s'écria Andy Sherwood.

— Non, il n'en est que la projection. J'ai eu le temps d'en discuter avec Llianlloo. Elle éprouve beaucoup de réticence à parler de ce genre de choses, mais comme elle me fait confiance, j'arrive tout de même à lui arracher des informations.

— Vous ne nous en aviez pas parlé, accusa Blade.

La jeune femme lui jeta un regard enjôleur à travers le rideau de ses cheveux qu'elle continuait à peigner avec des gestes de félin.

— Je n'y ai pas pensé.

— Vous auriez pu vous douter que des informations sur le Culte du Serpent nous intéresseraient, appuya Baker.

— Il y a eu tant d'événements, de coups de théâtre… Cela vient seulement de me revenir. (Elle rejeta en arrière sa crinière blonde à présent démêlée.) Je n'ai pas appris grand-chose, en fait, reprit-elle en dévisageant Blade avec un air de petite fille prise en faute qui lui allait à ravir. Juste cette histoire de projection dans le ciel du Grand Serpent du Temps et deux ou trois détails du culte…

« L'un d'eux est intéressant, cependant. Les Ophiolâtres utilisent également des drogues psychotomimétiques lors de l'initiation des novices.

— Intéressant, en effet, apprécia Sherwood. Je croyais que seuls les chamanes avaient recours à ce genre de trucs. Mais si les adeptes en prennent aussi, on a pu en profiter pour les conditionner.

— En *une seule* séance? répliqua Sofia.

— Pourquoi pas? insista le barbu. Ça ne présente pas de difficulté majeure. Attention, je ne parle pas d'un conditionnement « dur », comme celui qu'on inflige aux criminels de droit commun sur certaines planètes. La personnalité n'est pas altérée : on se contente de l'orienter.

— Tu nous avais caché ta culture en ce domaine, plaisanta William Baker.

Andy Sherwood pouffa silencieusement.

— J'ai bien failli y passer une fois, dit-il avec un étrange sourire. Une erreur judiciaire…

— Mais oui, mais oui, fit Red Owens avec un sourire. Tout le monde ici sait que tu n'as *jamais* enfreint la loi ! Et moi non plus, d'ailleurs ! conclut-il avant d'éclater de rire, imité par les hommes d'équipage qui, tous, avaient connu le premier *Maraudeur* et ses activités parfois illégales.

Sherwood prit un air offensé avant de poursuivre :

— Ça va peut-être vous paraître farfelu, mais j'ai une idée de la manière dont les choses se déroulent. En gros, je veux dire. En haut, il y a donc ce Grand Serpent du Temps dont on nous rebat les oreilles. Il apparaît aux chamanes durant leurs transes hallucinatoires, d'accord ? Mais est-ce que les novices, lors de leur initiation, entrent en contact avec lui ?

— Je ne comprends pas où vous voulez en venir, dit Sofia, les sourcils froncés.

Blade posa une main sur les siennes, qu'elle avait croisées sur ses genoux ronds.

— Moi, je le vois très bien, assura-t-il. Les chamanes disent tenir leurs instructions du Grand Serpent du Temps ; si c'est bien le cas, il y a gros à parier que ce prétendu « dieu » se manifeste aussi durant la cérémonie d'initiation, pour sceller, en quelque sorte, l'appartenance des victimes à la secte — et, accessoirement, s'assurer leur fidélité par la terreur sacrée qu'il leur inspire !

— Ce qui signifierait que Llianlloo est conditionnée..., murmura Baker. Non contents de la protéger, nous allons devoir, en prime, nous méfier d'elle !

— Nous avançons, ironisa Blade. Tout doucement, mais nous avançons.

— Ah, tu trouves? intervint Red Owens. Moi, j'ai l'impression de nager dans le brouillard.

— Et tu détestes voler en aveugle, c'est ça? lui lança Andy. Tu n'as qu'à te fier aux instruments, mon vieux!

« Son vieux » le foudroya du regard, le visage aussi écarlate qu'une pivoine, puis il quitta le campement d'un pas rapide, les dents serrées.

— Je crois que tu l'as vexé, observa Blade.

— Je vais aller lui faire des excuses, acquiesça Sherwood. Ce n'était pourtant pas si méchant...

— Nous sommes tous sur les nerfs, concéda Baker.

Andy se redressa et se lança sur les traces d'Owens. Blade le regarda s'éloigner et disparaître dans la pénombre, puis il reporta son attention sur le feu qui dansait au milieu du cercle dessiné par les brontosaures couchés.

— J'ai froid, souffla Sofia.

Il passa un bras réconfortant autour des épaules de la jeune femme, qui grelottait. Elle ne tarda pas à se détendre.

— Si nous allions faire un tour? proposa-t-il. Marcher vous réchauffera.

— Je me sens déjà mieux, mais d'accord. J'ai le dos en compote.

Ils partirent en se tenant par la taille. Dès qu'ils furent hors de portée de voix, les hommes entreprirent d'effectuer des commentaires salaces, que Baker balaya d'un bref rappel à l'ordre. L'équipage avait besoin d'une véritable permission, songea-t-il avec lucidité. Ç'aurait dû être le cas sur Joklun-N'Ghar, sans les événements qui s'y déroulaient.

Haussant les épaules, il fixa le foyer et ne tarda pas à se perdre dans cette contemplation.

Malgré la méfiance qu'il éprouvait à l'égard de la jeune femme, Ronny Blade ne fit rien pour éviter de succomber à ses charmes. Lorsqu'elle fit mine de se tordre la cheville, il se conduisit comme elle espérait qu'il se conduise, et la prit dans ses bras pour la porter jusqu'à un petit promontoire herbu, duquel on avait une vue splendide sur la rivière et les marais qui la bordaient. Une petite lune ronde, dans le ciel, fournissait une clarté tout juste suffisante pour dessiner les reliefs de ce paysage vierge de toute intervention humaine.

— J'aime cette impression, dit Sofia d'une voix étouffée. Celle d'être seuls au monde. Tout un monde neuf à découvrir. Les premiers hommes devaient connaître un tel sentiment.

— Les hommes primitifs n'avaient ni brontosaures apprivoisés, ni pistolasers, lui rappela Ronny en s'asseyant près d'elle. Parfois, ils n'avaient même pas de vêtements.

— Vous avez raison, reconnut Sofia en se redressant.

Elle se glissa en un instant hors de sa combinaison, qui paraissait pourtant la mouler comme une seconde peau. Elle portait un string ficelle et un soutien-gorge noirs, qu'elle ôta sans la moindre gêne pour se retrouver aussi nue qu'au jour de sa naissance.

Blade contempla avec une admiration non dissimulée son corps splendide, tout en courbes galbées, d'une couleur laiteuse sous les rayons bleutés de la petite lune. Il s'approcha de Sofia, la prit dans ses bras et l'embrassa.

Elle se dégagea.

— Eh bien, monsieur, plaisanta-t-elle, ne m'aviez-vous pas dit que vous étiez naturiste ? Je croyais que vous pouviez voir une fille nue sans lui sauter dessus...

Puis elle entreprit de défaire sa chemise, sans cesser de le regarder droit dans les yeux.

— Tu m'as plu dès la première seconde, dit-elle avant de l'entraîner sur l'herbe tendre.

Pour la seconde nuit consécutive, Red Owens fut tiré du sommeil par des événements imprévus. Cette fois-ci, ce fut un bruit épouvantable accompagné d'éclairs lumineux. Il s'assit dans son sac de couchage, son cœur battant la chamade.

Dans le ciel tournoyaient des croix enflammées, qui parfois explosaient dans une pluie d'étincelles. Owens estima leur distance à dix ou douze kilomètres ; le vacarme des déflagrations mettait plusieurs secondes à lui parvenir.

— Qu'est-ce que c'est que ce bordel ? rugit Andy Sherwood, que le feu d'artifice avait lui aussi réveillé.

— Aucune idée. Mais ça énerve les animaux, constata le pacha du *Maraudeur*.

— Je vais rebrancher les inducteurs, décida son associé en s'extirpant de son duvet. Il ne faudrait pas qu'ils s'affolent. Même s'ils n'ont qu'un pois chiche de matière cérébrale, la peur ne doit pas leur être un sentiment inconnu, pas vrai ?

Tout le monde était à présent sur pied. Blade fouilla dans un sac et en tira un petit appareil qu'il consulta fébrilement.

— Les perturbations magnétiques n'ont jamais été aussi fortes. Je parie que même la bande FM est inutilisable.

— C'est visiblement en relation avec ces croix de feu dans le ciel, dit Baker. On dirait que quelqu'un cherche à nous faire peur.

— Quelqu'un qui dispose d'importants moyens pyrotechniques, souligna son associé.

Sherwood les rejoignit, une lueur d'inquiétude dans les yeux.

— Les inducteurs déconnent complètement et ces sales bêtes commencent à ruer dans les brancards! Si vous voulez mon avis, il vaudrait mieux mettre les bouts en attendant que ça se passe. Si jamais ces bestioles paniquent, nous allons finir plats comme des galettes!

— Je vote pour l'évacuation, le soutint Baker. Il est trop dangereux de rester ici.

Emballant rapidement le strict nécessaire, l'expédition quitta le campement en catastrophe, abandonnant à leur sort les brontosaures qui s'agitaient de plus en plus. À peine les quatre associés et leurs compagnons avaient-ils parcouru trois cents mètres que les colossales créatures s'éparpillèrent dans toutes les directions.

— Il y en a un qui vient dans notre direction! prévint Andy Sherwood.

— Dispersons-nous! ordonna Red Owens. Nous nous regrouperons au campement après son passage. Il n'y a plus de danger, maintenant.

Le brontosaure emballé passa au milieu du groupe de Terriens sans paraître remarquer leur présence. Quelques instants plus tard, pourtant, ils découvrirent qu'un mécanicien manquait à l'appel.

Dans le ciel, les croix de feu tournoyaient toujours, occultant l'éclat des deux lunes visibles.

Red Owens, en compagnie de deux hommes, partit à la recherche du disparu. Pendant ce temps, le reste du groupe s'occupa de rassembler les bagages dispersés lors de leur fuite par les brontosaures, laissant à Sofia le soin de prendre des photographies de l'étrange manifestation pyrotechnique qui accompagnait la perturbation magnétique.

Le pacha du *Maraudeur* ne ramena qu'un cadavre, dont la poitrine semblait avoir été lacérée par des griffes monstrueuses.

— Peut-être un tyrannosaure, supposa Ronny Blade. Il va falloir monter la garde toute la nuit, maintenant que nous n'avons plus nos montures pour nous... avertir en cas de danger. Nous tirerons au sort les tours de garde. Et demain, il faudra rassembler les brontosaures — si l'intensité de la perturbation magnétique décroît d'ici là.

— C'est déjà en train de se calmer, intervint Baker, qui venait de consulter le détecteur. D'ailleurs, il y a beaucoup moins de croix que tout à l'heure, ce qui semble confirmer la relation entre les deux phénomènes.

— Relation toute... *relative*, j'en ai bien peur, commenta Ronny Blade, qui serrait Sofia contre lui.

Il ne voulut pas en dire plus, se contentant d'étreindre la jeune femme, une expression énigmatique figeant ses traits.

Le soleil approchait du zénith quand Andy Sherwood ramena le dernier brontosaure. En compagnie des trois hommes d'équipage survivants, il était parti dès l'aube à la recherche des bêtes enfuies. Il en avait trouvé trois presque immédiatement, à moins de cinq cents mètres du campement. Pas plus que les deux suivantes, les massives créatures n'avaient fait de difficulté.

Le sixième brontosaure, par contre, avait piétiné l'un des hommes. Par inadvertance, mais il fallut tout de même rapporter le corps pour l'enterrer aux côtés de celui qu'on supposait victime d'un tyrannosaure. Red Owens, qui avait creusé la première tombe, retint les jurons qui lui venaient aux lèvres et ramassa la pelle qu'il avait reposée un instant plus tôt.

— Si cette planète doit tuer mes hommes, je suggère que nous la quittions dès que possible, gronda-t-il en se mettant à l'ouvrage.

La cérémonie symbolique était depuis longtemps finie quand Andy et les deux hommes survivants apparurent, juchés sur le huitième brontosaure.

— Inutile de chercher les deux autres, dit Sherwood en mettant pied à terre. Nous avons trouvé leurs carcasses déchiquetées ; ils ont dû tomber sur la créature qui a tué Den.

— De toute manière, nous ne sommes plus que sept, constata Blade d'une voix morne. Les inducteurs ont l'air de fonctionner correctement ?

Sherwood hocha la tête, pensif.

— Oui, mais puisque nous en avons la possibilité, autant écarter la bestiole qui a écrasé Fred. Ça n'a rien à voir avec la superstition ! se défendit-il face au sourire ironique de son interlocuteur. Je crois que son système de guidage est détérioré.

— À cause des perturbations magnétiques ? interrogea Red Owens.

— Aucune idée.

— Dépêchons-nous, intervint Baker, si nous voulons être à Saghorn avant la nuit.

Une demi-heure plus tard, sept brontosaures dévalaient la pente douce de la colline, en direction de l'estuaire qui miroitait dans le lointain.

Les problèmes commencèrent lors de la traversée de la Nar'Hav. Le brontosaure de Sofia, qui venait en troisième position, fut soudain agité de soubresauts. Les membres convulsés par des crispations tétaniques, il commença à dériver, entraîné par le courant. Son long cou ne cessait de se tordre tandis qu'il lançait des cris muets exprimant sa souffrance ou son incompréhension — plutôt la seconde, estima Andy Sherwood, qui venait juste derrière Sofia.

— L'inducteur est en panne ! hurla-t-il en

agitant les bras. Sautez ! Sinon, vous risquez de vous noyer avec lui !

Sofia tâtonnait, affolée, cherchant la boucle de sa ceinture de sécurité. Sherwood était sur le point de se porter à son secours, lorsqu'un brontosaure heurta le sien avant de le dépasser dans un jaillissement d'écume. Ronny Blade avait été le premier à réagir.

La jeune femme trouva le bouton qui la libérait au moment où, dans un spasme d'agonie, le brontosaure se retourna les pattes en l'air. Battant follement des jambes et des bras, elle réussit à échapper au tourbillon provoqué par les convulsions de l'énorme reptile et émergea à la surface, les poumons avides d'oxygène.

Blade la récupéra quelques instants plus tard. Le corps inerte du brontosaure s'éloignait vers l'océan, emporté par le courant. Un ptérodactyle y atterrit et commença à fouiller les entrailles encore chaudes de son long bec orné de dents.

— Merci, Ronny, dit-elle en se blottissant contre lui.

Elle grelottait dans ses vêtements trempés. Il lui tendit une couverture dans laquelle elle s'enveloppa après avoir ôté sa minirobe, sans jamais relâcher l'étau de ses jambes autour des hanches de son compagnon. Même dans l'eau, les mouvements d'un brontosaure possédaient assez d'amplitude pour éjecter toute personne assise sur leur échine. Ce n'était décidément pas un mode de locomotion confortable.

CHAPITRE VI

Les croix de feu avaient également été observées à Saghorn, comme en témoignait l'agitation qui y régnait quand ce qui restait de l'expédition l'atteignit, peu avant la tombée de la nuit. Un hydravion turbopropulsé avait amerri en fin de matinée, apportant une cinquantaine de colons et de pleines caisses de matériel, mais celles-ci étaient encore entassées sur le quai et les nouveaux arrivants s'étaient joints à la population réunie devant la mairie.

— Vous avez eu des problèmes ? demanda le gardien des brontosaures en constatant qu'il manquait trois de ses bêtes.

Avec un soupir de résignation. Andy Sherwood se chargea de lui raconter leurs déboires nocturnes. Et tandis que Red Owens, Sofia van Norden et les deux matelots survivants regagnaient le *Maraudeur* à bord d'un turbo-car,

Blade et Baker se rendirent à ce qu'ils appelaient « la pêche aux renseignements ».

L'un des colons fraîchement débarqués leur fournit toutes les informations dont ils avaient besoin. C'était un homme encore jeune, d'une carrure modeste, qui portait un de ces excentriques collants bariolés qu'affectaient les étudiants de certaines universités.

— Nylghur est inquiète à cause de l'interruption des liaisons radio, dit-il nerveusement. Le vol a été avancé de deux jours pour cette raison. Là-bas, la situation ne fait que se dégrader. Il y a plusieurs attentats ophiolâtres par jour dans toutes les villes importantes. Ils réclament maintenant avant toute chose l'évacuation de Yegg-Sh'Tra. Aucun Terrien ne doit plus fouler le sol de leur continent sacré.

— Il n'était pas sacré avant l'arrivée des explorateurs, intervint William Baker, puisque les indigènes en ignoraient jusqu'à l'existence.

— La doctrine des Ophiolâtres évolue comme toute chose, expliqua l'homme avec un sourire. Ils ont repris à leur compte les vieilles légendes sur la « terre des reptiles » qui traînent dans leurs différents folklores; associées au Culte du Serpent, elles font de Yegg-Sh'Tra un endroit tabou.

— Et vous êtes venu malgré cela? s'étonna Ronny Blade.

— On a besoin de moi ici. Je suis venu aider

à l'interrogatoire d'un suspect dans une curieuse affaire. Un N'Gharien primitif, peut-être un Ophiolâtre, qui ne parle que le fichu dialecte de sa jungle natale — un dialecte que je pratique moi-même, ainsi qu'une douzaine d'autres. Mais je ne me suis pas présenté : Sammy Delani, linguiste.

— Enchanté. Je suis William Baker et voici mon associé Ronny Blade.

Les yeux de Delani s'agrandirent d'étonnement. Il avait un visage qui inspirait instantanément la sympathie, avec ses traits malléables et sa perpétuelle expression de candeur.

— Blade et Baker de la *B and B Co* ? s'écria-t-il. Très heureux de faire votre connaissance, d'autant plus que vous, monsieur Baker, avez un rapport très étroit avec l'affaire qui m'amène.

— Vous venez traduire les paroles de l'indigène qui m'a... a tenté de m'agresser ? s'enquit l'intéressé.

— Exactement. Bill Payve désirait qu'un premier interrogatoire ait lieu avant son départ pour Nylghur. L'individu est au secret, pour le moment. Il n'a pas eu le temps de vous blesser, je crois ?

— Ni le temps, ni l'envie, répondit Baker.

— On m'a pourtant dit...

— Il y a certaines zones d'ombre dans cette affaire, qui possède sans doute des ramifications d'une ampleur inattendue, intervint Blade, décochant un clin d'œil à son associé. Et vous pouvez nous aider à éclaircir l'une d'entre elles... peut-être.

« Parlez-vous le m'lark?

Sammy Delani acquiesça.

— C'est précisément cette langue — ou une langue très voisine — que parle ce fameux indigène.

— Alors, Llianlloo et lui sont de la même tribu, souffla très vite Baker.

— De quoi parlez-vous? s'enquit le linguiste.

Blade et Baker lui expliquèrent rapidement de quoi il retournait, passant cependant quelques détails sous silence. Il leur était impossible de savoir de quel bord était cet homme, mais il leur inspirait confiance. De plus, songea Ronny, ils avaient besoin de lui, afin de confirmer les soupçons qui pesaient sur Sofia. Elle lui avait paru bien... professionnelle dans ses élans, la veille au soir.

— Eh bien, dit Delani quand ils eurent fini leur récit, je ne suis pas censé rencontrer le prisonnier avant demain. Je peux vous accorder ma soirée — si vous m'invitez à dîner, bien sûr!

— Sans la moindre hésitation, l'assura Blade. Nous serons enchantés de vous compter à notre table.

Ils se mirent en quête d'un turbo-car. L'un des adjoints du maire, opportunément rencontré parmi la foule, leur procura un vieux modèle un peu déglingué, mais toujours en état de fonctionner. Blade prit les commandes et s'engagea dans une rue transversale.

— Comment les gens ont-ils réagi à la vision des croix de feu? demanda Baker.

— Ils paraissaient impressionnés. Certains semblent en bonne voie pour accepter la thèse de la malédiction...

— De quoi s'agit-il? interrogea Blade en tournant à gauche sur la piste qui longeait la limite sud de Saghorn.

— Je ne vous en ai pas parlé? Il est vrai que j'ai un peu tendance à m'éparpiller. Les chamanes assurent que le Serpent exercera *lui-même* sa vengeance sur ceux qui braveraient le tabou de Yegg-Sh'Tra. Ces apparitions dans le ciel seraient la première manifestation de sa colère.

— Il y a aussi le brouillage radio. Ces « tempêtes » magnétiques seraient donc, elles aussi, un effet du courroux du Grand Serpent du Temps?

Le turbo-car cahotait à présent sur la piste qui menait au point d'atterrissage du *Maraudeur*. Sammy Delani observa avec attention les brontosaures parqués dans l'enclos à la sortie de la ville.

— Curieuses créatures, marmonna-t-il. Je me demande si elles sont à l'origine du mythe du Serpent.

— Vous pensez que des indigènes auraient pu aborder ce continent dans un lointain passé ? s'enquit Blade.

— Ce n'est pas impensable. Certaines tribus de pêcheurs effectuent des voyages de plusieurs milliers de kilomètres à travers l'océan.

— Mais le Culte du Serpent est apparu dans la jungle, à des dizaines de jours de marche des côtes, intervint Baker. Votre hypothèse est indéfendable.

— Puisque vous le dites, acquiesça le linguiste avec un étrange sourire.

Quoique fatiguée, Llianlloo parla un quart d'heure avec Sammy Delani, puis s'endormit dès qu'elle ferma les yeux. Elle avait un visage de madone n'gharienne, ces statuettes d'ivoire massif que ciselaient avec art les tribus des îles situées au sud-est du continent principal, songea William Baker en se retournant une dernière fois sur la blessée avant de quitter la pièce pour rejoindre Blade et le linguiste, qui venaient tout juste de sortir.

— Je m'y attendais, marmonnait son associé quand il les rejoignit. Il y avait quelque chose de louche chez Sofia. Maintenant, je me demande ce que nous allons bien pouvoir en faire. Venez dans ma cabine, nous y serons plus à l'aise.

Ils s'installèrent confortablement, un verre à la main. Ronny fit passer une boîte de cigares dans laquelle chacun se servit, puis attaqua :

— Nous savons désormais pourquoi les Ophiolâtres tiennent tant à éliminer Llianlloo. Je n'arrive pas à comprendre pourquoi Sofia nous l'a caché si longtemps.

— Il faut croire que l'information possède une certaine valeur, avança Baker.

— Je ne vois pas à quoi ça nous avance de savoir qu'elle fait partie d'une fraction dissidente favorable au maintien de Joklun-N'Ghar dans la confédération, répliqua son ami. Et vous, qu'en pensez-vous?

Delani étendit les jambes avec un bâillement.

— Saviez-vous qu'il existait diverses factions parmi les Ophiolâtres? interrogea-t-il.

— Nous venons de l'apprendre. Vous croyez que c'est ce détail que Sofia désirait nous cacher?

— Je ne crois rien. J'essaye de vous aider.

William Baker se racla la gorge.

— Vous avez raison. Les choses sont désormais plus claires. Llianlloo est envoyée à Yungkhar pour porter un message à un membre de sa tribu, mais deux sectateurs la reconnaissent et décident de lui faire passer un mauvais quart d'heure. C'est là que nous intervenons. Mais les Ophiolâtres n'ont pas renoncé à leur idée de la supprimer. D'où l'attentat de l'astroport. Attentat manqué.

— Parfaitement réussi, au contraire, objecta Blade. La bombe ne visait pas Llianlloo ; elle n'avait d'autre but que de semer la confusion pour permettre à la bande de voyous de passer à l'action. Leur chef *savait* que la sécurité n'interviendrait pas avant un certain temps, permets-moi de te le rappeler.

— Je ne vois pas le rapport avec les Ophiolâtres, répliqua Baker.

— Moi non plus, mais il doit y en avoir un, puisque c'était Llianlloo qui était visée à travers cette agression.

— Vous vous avancez, observa placidement Delani. J'ai entendu parler de cet attentat. Les N'Ghariens ont appris le maniement des explosifs dans les mines et les carrières ; ils n'ont désormais rien à envier aux artificiers terriens. Si les Ophiolâtres avaient voulu se débarrasser de votre amie, ils auraient fait sauter cette bombe près d'elle, tout simplement, au lieu de mettre sur pied un scénario aussi compliqué.

Ronny Blade hocha la tête et se servit un second verre. Le liquide ambré bouillonna un instant avant de s'apaiser, signe que le *R'Toox* était de bonne qualité.

— Peut-être allons-nous chercher trop loin

ce qui est sous nos yeux. Will, tu as toujours le rouleau de parchemin ?

Baker le tira de sa poche et le tendit au linguiste. À peine celui-ci en avait-il déplié une douzaine de centimètres que les symptômes de l'excitation la plus vive se peignirent sur son visage.

— C'est un authentique manuscrit *khum'shiir*, expliqua-t-il, de l'émotion plein la voix. Seuls les chamanes des clairières équatoriales connaissent encore cette écriture très ancienne.

— Et vous pouvez la déchiffrer ?

— Tout à fait. On l'enseigne depuis quelques années dans plusieurs universités du secteur. Cela dit, la langue utilisée ne correspond pas. Les manuscrits *khum'shiir* connus sont rédigés en k'vam, une langue morte qui a influencé tous les dialectes de la forêt dense, ou parfois en h'rumi, un dialecte très répandu parmi les nomades de la lisière nord. Mais ici, c'est du m'lark, pour lequel il n'existe aucun système de notation reconnu !

— Et que dit ce parchemin ? s'enquit Baker, essayant de dissimuler son impatience.

— C'est assez obscur ; il y a des termes qui me sont inconnus. Il est question du Grand Serpent du Temps et d'une imposture. Ce texte a été écrit très récemment ; on y parle beaucoup des Terriens — que le m'lark désigne d'un terme signifiant littéralement « ceux-qui-sont-tombés-du-ciel ». Il faudrait que j'emporte ce document pour l'étudier plus attentivement.

— Je vais vous en faire une copie, décida Blade.

Récupérant le rouleau de parchemin, il quitta la pièce.

— Il a été ébranlé par les révélations de Llianlloo, dit Baker. Sofia et lui sont très... proches, si vous voyez ce que je veux dire.

Delani haussa un sourcil.

— Elle n'a fait que vous dissimuler des informations qui, a première vue, ne possèdent qu'une importance toute relative. Et ce n'est pas elle qui a mis du poison dans votre verre.

— Un instant, j'ai été persuadé qu'elle l'avait fait. Quand vous nous avez révélé qu'elle ne nous disait pas tout. Elle aurait tout à fait pu jeter une pincée d'une poudre quelconque dans mon vin. (Baker se frotta les paupières, l'air fatigué.) Je compte naturellement sur votre discrétion quant à toute cette affaire. Le seul point que nous avons l'intention de soulever publiquement est la tentative d'assassinat envers ma personne. Llianlloo nous a donné une excellente description du coupable : je vais demander à Bill Payve l'autorisation de l'interroger.

Ronny Blade revint porteur d'une photocopie du parchemin. Il la remit à Sammy

Delani, s'excusant de la pâleur de l'encre, et ralluma son cigare qu'il avait laissé s'éteindre dans le cendrier de cristal bleuté.

— Nous allons ramener notre ami linguiste, lui annonça Baker. Nous en profiterons pour essayer de tirer les vers du nez au N'Gharien qui a tenté de m'empoisonner.

— Excellente idée, approuva son associé. Je suis passé par la cabine radio. L'orage magnétique semble reprendre de plus belle. O'Shawn s'arrachait les cheveux ; il n'avait encore reçu aucune réponse aux messages qu'il a envoyés cet après-midi. Nous sommes à nouveau coupés du reste de l'univers.

— Il faudra effectuer une opération de triangulation avec l'aide d'une vedette, dit William. Je vais demander à Red de s'en occuper. Cette perturbation doit bien avoir une origine précise !

— En tout cas, assura Delani, ses effets n'atteignent pas Nylghur. Là-bas, tout est normal. Il n'y a que Yegg-Sh'Tra qui soit touché.

L'orage magnétique allait bientôt être accompagné d'une véritable tempête, à en juger par le vent qui soufflait en rafales depuis la mer. Dans le lointain, le tonnerre grondait, résonnant comme le barrissement d'une bête fabuleuse. Les premières gouttes de pluie s'écrasaient sur le pare-brise quand le turbocar entra dans Saghorn.

Par chance, Bill Payve se trouvait toujours à la mairie, malgré l'heure tardive. Des cernes violacés soulignaient ses yeux fatigués. Il avait eu toute la soirée à faire face aux revendications et demandes d'explication de la population toute entière, que la panique gagnait peu à peu depuis l'annonce de l'ultimatum des sectateurs du Serpent.

— Votre « gang » s'agrandit? interrogea-t-il d'une voix infiniment lasse.

— Ce n'est que le linguiste que vous avez fait venir de Nylghur. Nous vous l'avons « emprunté » pour interroger Llianlloo.

— Je croyais que votre géologue parlait le m'lark.

Blade et Baker se renfrognèrent.

— Ce serait trop long à vous expliquer, trancha Ronny, aussitôt approuvé de la tête par son associé. Le résultat est que Llianlloo nous a donné une description très précise du serveur n'gharien qui a empoisonné mon vin.

Une lueur d'intérêt s'alluma dans l'œil du maire, qui se redressa légèrement dans son fauteuil et ôta ses pieds du bureau.

— Attendez, fit-il. Ne dites rien. (Il commença à farfouiller dans les papiers qui encombraient toute la surface de bois rouge.) C'est un nommé... Ah! Ça y est! Je l'ai! Un nommé Xuwang, c'est bien ça?

— Elle ne l'a pas nommé, laissa tomber

Baker. Un N'gharien de grande taille, les cheveux longs dans le cou, avec un tatouage rituel, représentant la Roue des Événements, sur la joue droite.

Le maire se mit à hocher vivement la tête, présentant les symptômes de la plus grande nervosité.

— C'est ça ! s'écria-t-il. Ce détail est mentionné. Il a été retrouvé noyé dans l'estuaire ce matin. On suppose qu'il s'est enivré dans les cuisines et qu'il est tombé à l'eau en rentrant chez lui.

— Faites effectuer une autopsie, conseilla Baker. Je ne serais pas étonné que vous trouviez un quelconque poison indigène dans ses tissus. Les Ophiolâtres tuent presque sans laisser de traces.

— Les Ophiolâtres, dites-vous ?

— Simple supposition.

— Vous en savez plus que vous ne voulez bien le dire, accusa Payve en se levant de son confortable fauteuil tournant recouvert de cuir argenté.

Blade et Baker comprirent que le temps était venu de jouer franc jeu. Le maire cesserait de leur accorder son appui s'il pensait qu'ils essayaient de le mener en bateau, et ils avaient désespérément besoin de son autorisation pour interroger le N'Gharien au rouleau de parchemin. De plus, maintenant que Sammy Delani était dans la confidence, leur répugnance naturelle à partager leurs ennuis avec d'autres avait un peu faibli.

— D'accord, dit Blade. Je vais tout vous expliquer pendant que mon ami Baker, avec l'assistance de Sammy Delani, discutera paisiblement avec le N'Gharien qui a tenté de l'« agresser » lors du banquet.

Le maire devint écarlate.

— Vous avez une manière de poser vos conditions ! s'exclama-t-il, ce qui rendit à son visage sa couleur naturelle.

— Nous sommes pressés, répliqua Blade. Et quand je vous dirai ce que je sais, vous en conviendrez avec moi.

— Très bien, dit le maire en plaquant ses paumes sur la table, comme s'il s'apprêtait à se lever. Le temps de passer un ou deux coups de visiophone et je suis à vous.

Le N'Gharien, un nommé J'Jixxom, ignorait qu'il se trouvait sur Yegg-Sh'Tra — et lorsque Delani le lui apprit, ses yeux se mirent à rouler dans leurs orbites tandis qu'il psalmodiait des paroles incompréhensibles. Puis il se reprit et accepta de répondre aux questions de William Baker. Pendant ce temps, Blade entraîna le maire à l'écart et lui raconta le plus succinctement possible les événements auxquels ils avaient été mêlés depuis leur arrivée sur Joklun-N'Ghar.

— Très intéressant, commenta Payve lorsqu'il se tut. Mais il n'y a aucun lien entre tous ces faits — en dehors de l'acharnement des Ophiolâtres à l'encontre de votre amie n'gharienne.

— Le lien existe, assura Blade. J'ignore son nom, mais il existe. Il n'y a pas d'autre possibilité. Sinon, comment expliquer que des « casseurs d'olives » aient voulu s'en prendre à Llianlloo *juste après l'explosion d'une bombe ophiophile*?

— Coïncidence? suggéra le maire sans la moindre conviction.

— Je dis que ces voyous racistes et les Ophiolâtres sont, d'une manière ou de l'autre, manipulés par la même entité. De là à penser qu'on les monte les uns contre les autres — avec au milieu la population civile, terrienne et n'gharienne — il n'y a qu'un pas. Quand nous sommes venus ici, il y a un peu moins de dix ans, les sectateurs du Serpent se comptaient par dizaines, peut-être centaines; dans un guide touristique de la planète, ils n'auraient pas mérité plus de trois ou quatre lignes. Combien sont-ils aujourd'hui?

— Plus d'un million, souffla Payve d'une voix blanche. Une expansion rapide, en effet. Je ne suis moi-même arrivé sur Joklun-N'Ghar que l'année dernière; à mon arrivée, les Ophiolâtres étaient déjà bien implantés, même s'ils ne commettaient pas encore d'attentats.

— Un million d'adeptes représentent combien de chamanes? demanda Blade. Delani prétend qu'un chamane ne peut s'occuper que d'un groupe restreint d'individus...

— Au moins vingt mille, assura Will Payve.

— Vous ne voyez toujours pas où je veux en venir? Comment une poignée de sorciers de la jungle auraient-ils pu, en un lustre à peine, communiquer leur art à autant d'individus? La montée des Ophiolâtres a été trop rapide.

— C'est l'œuvre de N'Ghariens « évolués », marmonna le maire. À coup sûr.

— Vous pensez *vraiment* que des colons extrémistes se laisseraient manipuler par des indigènes? répliqua Ronny. Je vous rappelle que l'individu qui menait la bande, à l'astroport, était Bastien Peggi.

Payve plissa comiquement le front.

— Vous me l'avez déjà dit. C'est un détail que l'on n'oublie pas. Vous avez raison, jamais cette ordure n'accepterait de travailler pour des N'Ghariens — il les hait trop! Thard Valekor savait ce qu'il faisait en le choisissant comme bras droit. Vous connaissez l'histoire, je suppose?

Blade dut convenir que non. Il savait bien entendu que trois gouverneurs s'étaient succédé sur la planète depuis leur précédente visite, mais il ignorait tout des politiques qu'ils avaient menées.

— Quand Valekor est arrivé, Joklun-N'Ghar connaissait un ralentissement dans son expansion. En raison des diverses franchises douanières et exemptions d'impôts dont jouissent la plupart des concessions ouvertes durant les trois premières années de la colonisation, les revenus du gouverneur et de ses services restent bien maigres, malgré l'obole versée par le gouvernement central. De plus, envoyer des N'Ghariens étudier dans des universités situées dans d'autres systèmes coûte cher, très cher...

« Le gouverneur précédent avait été un homme effacé, qui se contentait de veiller au bon fonctionnement de la machine commerciale et à l'éducation des indigènes. Valekor, lui, avait des goûts de luxe. Nommé sur Joklun-N'Ghar parce qu'il avait déplu, paraît-il, il décida de tirer le plus d'argent possible de cette planète. Pendant un an et demi, il régna comme un tyran absolu, sourd aux injonctions de la confédération comme aux plaintes de ses victimes.

« Dans certaines parties de la jungle, il envoya des troupes spéciales qui massacrèrent les indigènes, seul obstacle à l'installation de nouvelles concessions — qui ne jouiraient bien évidemment pas des exemptions qui avaient prévalu jusque-là ! Ailleurs, il fit empoisonner les puits et les lacs. Ailleurs encore, on utilisa le napalm...

« Devant toutes ces exactions, dont il n'avait qu'une connaissance très vague, le gouvernement central resta sans véritable réaction. Les rappels à l'ordre que recevait Valekor restaient sans effet et là-bas, sur la Terre, on le savait très bien.

« Puis Peggi tua ce N'Gharien et Valekor se suicida politiquement en essayant de le sauver. Vingt-quatre heures après sa fameuse Proclamation de Déchéance, un nuage de gaz paralysant s'abattit sur le palais, ce qui permit aux commandos spéciaux de cueillir sans peine le gouvernement et sa clique, ainsi que sa malice privée d'une centaine d'hommes, qui semait la terreur dans les rues de Nylghur. Pour sauver les apparences, Valekor démissionna et ne fut pas poursuivi pour ses crimes. Peggi, lui, profita d'une amnistie opportune.

— Qu'y avait-il de si extraordinaire dans cette proclamation ? s'enquit Blade, qui avait littéralement bu les paroles de son interlocuteur.

— Valekor y déclarait que les N'Ghariens, humanoïdes et non humains, seraient désormais privés de l'accès à l'enseignement. Plus d'écoles dans les villages, plus de lycées dans les villes, plus de voyages dans les universités d'outre-espace... Quant au meurtre d'un indigène, il ne serait sanctionné que par une amende !

« Accessoirement, il y déclarait aussi l'indépendance de la planète.

— Extraordinaire, souffla Blade. Je ne comprends pas qu'on ne nous en ait pas encore parlé depuis notre arrivée.

— Sur Joklun-N'Ghar, peu de gens savent pourquoi Valekor a été forcé de démissionner. Car sa fameuse Proclamation était d'abord adressée à la Terre, qui a réagi aussitôt, sans lui laisser le temps de la mettre en application. Techniquement, cette planète a été indépendante pendant une douzaine d'heures — et personne ne l'a su avant le lendemain, quand elle ne l'était plus.

— Valekor est toujours sur Joklun-N'Ghar?

— Il avait détourné suffisamment d'argent pour s'acheter une petite concession minière, paraît-il, mais personne ne saurait dire où elle se trouve. On parle d'une île de la Ceinture Équatoriale, d'une vallée des Everwhites... Rien de très sérieux. Quant à la bande de voyous qu'il appelait sa milice, elle s'est dispersée entre diverses villes. Ce sont des activistes connus et redoutés. Des provocateurs, aussi. Je suppose que leur ancien patron finance en partie leur propagande. En tout cas, c'est ce qu'on dit.

« Vous avez eu affaire à Peggi et vous vous en êtes sorti entier. C'est extrêmement rare.

Ronny Blade donna une tape chaleureuse sur l'épaule du maire.

— Vous êtes une vraie mine de renseignements, le complimenta-t-il. Je ne regrette pas de vous avoir mis dans la confidence, bien au contraire ! Si nous allions voir où en sont William et Delani ? Ils devraient avoir bientôt fini.

Baker et le linguiste venaient tout juste de sortir de la cellule quand Blade et Payve les rejoignirent. Les quatre hommes quittèrent la prison sous les huées des N'Ghariens accrochés aux barreaux de supracier de leurs geôles. En dehors de Llianlloo, il n'y avait plus un seul indigène en liberté sur tout le continent Yegg-Sh'Tra, assura le maire.

En chemin, Delani résuma rapidement ce qu'ils avaient appris. Quelques jours plus tôt, le chamane de sa tribu avait remis le rouleau de parchemin à J'Jixxom et lui avait demandé de le remettre à l'homme qui accompagnerait Llianlloo quand il la rencontrerait. Puis il l'avait plongé dans une transe hypnotique. Quand J'Jixxom était revenu à lui, il se trouvait sur la rive de l'estuaire, à quelques kilomètres au nord de Saghorn. Il ne savait pas comment il était arrivé là. Mais puisqu'il y était, cela signifiait que Llianlloo ne se trouvait pas loin.

— Bon, d'accord, dit le maire, il n'a pas tenté de vous frapper. On pourrait même dire qu'il vous a aidé. Mais c'est un N'Gharien — et les N'Ghariens de Yegg-Sh'Tra...

— Nous ne vous demanderons pas de le

libérer, intervint Baker. Pas pour le moment. Mais gardez-le isolé de ses semblables si vous voulez le voir survivre à son emprisonnement.

— Ce qui est arrivé à votre ami m'a suffi. Je suis sincèrement désolé. Je ne pouvais prévoir...

— Un moment, j'ai cru que vous aviez agi intentionnellement, lâcha Blade avec un sourire. Quand j'ai appris ce qui était arrivé à Llianlloo, j'ai vraiment cru que vous étiez de mèche avec les Ophiophiles... Et puis je me suis dit que vous n'auriez pas fait arrêter *tous* les indigènes *cette nuit-là* juste pour la tuer. Que si vous aviez été « des leurs », vous auriez choisi un autre moyen, plus... calme.

Bill Payve éclata d'un rire dans lequel perçait une soudaine bonne humeur.

— Voici mon glisseur, dit-il en désignant un appareil aplati, surmonté d'un dôme de plastex transparent.

Delani prit congé et se dirigea vers l'immeuble collectif où se trouvait le studio qu'on lui avait alloué, tandis que ses trois compagnons montaient à bord du véhicule, qui s'ébranla aussitôt. Payve conduisait prudemment, les yeux rivés sur la piste qu'illuminait le quadruple pinceau des phares. À cause des perturbations magnétiques, le radar était bien entendu inutilisable. Il fallait piloter à vue, avec tous les risques que cela comportait.

Une croix de feu se matérialisa dans le ciel, partiellement occultée par les nuages bas qui passaient à grande vitesse. Le glisseur fit une embardée ; le maire avait donné un coup de volant sous l'effet de la surprise.

— Vous n'allez pas vous mettre à croire à ces histoires de malédiction ? fit Blade, qui était assis à côté de lui.

— Non, bien sûr, mais je ne m'attendais pas à... En voilà une autre !

Bientôt, ce furent une dizaine de croix enflammées qui tournoyèrent devant eux. Bien plus proches que la fois précédente, elles semblaient se trouver à la verticale approximative du *Maraudeur*.

— Des feux d'artifice, rien que des feux d'artifice, marmonna Baker entre ses dents.

L'astronef était en effervescence quand ils l'atteignirent. Bill Payve rentra immédiatement à Saghorn, filant comme s'il avait le diable à ses trousses. Six cents mètres au-dessus du vaisseau, les croix de flammes se livraient à un étrange ballet lumineux.

— Nous avons repéré l'origine des perturbations, annonça Red Owens dès que les deux associés mirent le pied sur la passerelle de commandement.

Il sortit d'un tiroir une carte de cette partie du continent. L'estuaire du Kharghamm dessinait dans la côte orientale une profonde entaille, qui se ramifiait au fur et à mesure qu'on s'avançait à l'intérieur des terres. Au sud, le littoral s'incurvait doucement vers l'est, dessinant une péninsule massive, bordée de montagnes peu élevées.

Red Owens désigna un point situé en plein cœur de la péninsule.

— La cuvette de Shiil-Sh'Tar, lut-il. À moins de cent cinquante kilomètres d'ici. La nature des montagnes environnantes, riches en minerai de fer et de nickel, aide à amplifier le phénomène, mais je jurerais que c'est à un *émetteur* que nous avons affaire.

— Très bien, dit Blade. Demain, nous irons y faire un tour à dos de brontosaure.

— Ne serait-il pas plus sage d'emprunter une navette? demanda Sherwood qui venait d'arriver, une canette de bière à la main.

— Qui dispose d'un brouilleur de cette puissance doit également être équipé de détecteurs performants, répondit Owens d'un ton condescendant. À dos de brontosaure, c'est un trajet d'à peine huit heures.

— À condition que ces bestioles ne deviennent pas folles, comme la dernière fois!

Blade secoua la tête.

— Aucun danger. Maintenant que nous connaissons l'origine de ces perturbations, il ne sera pas difficile de bricoler une résille de protection pour les inducteurs. L'accident dont

Sofia a été victime ne se reproduira plus. Au fait, à propos de Sofia...

Il entreprit de narrer les informations que Baker et lui avaient obtenues durant les dernières heures, notamment grâce à la collaboration de Sammy Delani. Owens et Sherwood l'écoutèrent en silence, bouche bée.

— Eh bien, dis donc! s'écria Andy à la fin du récit. Drôle de sac de nœuds! Tu as une explication à tout ça?

Ronny Blade prit un air mystérieux.

— Je pense que Sofia nous en fournira une bientôt, laissa-t-il tomber avant de s'éclipser pour rejoindre la jeune femme, qui devait se demander où il était passé.

Elle lui ouvrit la porte de sa cabine, nue sous son déshabillé de plastex iridescent, ses cheveux défaits tombant sur ses épaules bronzées. La pointe d'un sein était visible par l'entrebâillement du vêtement. Blade la prit dans ses bras et, sans cesser de l'embrasser, la poussa doucement à l'intérieur de la pièce et referma la porte derrière eux.

Chuck Nilson, qui passait dans la coursive à ce moment, eut un sourire amusé. Le « patron » ne s'ennuyait pas, songea-t-il. Il ne pouvait savoir que cette nuit allait être pour Ronny Blade un véritable déchirement.

CHAPITRE VII

Le tyrannosaure jaillit d'un bosquet de plantes ressemblant à des pieds de chanvre démesurés et se rua sur la petite expédition en poussant un cri effroyable. Un homme aurait pu s'allonger dans sa gueule d'une taille monstrueuse, aux mâchoires ornées de plusieurs rangées de crocs acérés. Il courait à une vitesse d'environ cinquante kilomètres à l'heure, bien plus rapidement que le plus vif des brontosaures.

Très vite, il apparut que son choix s'était porté sur Sofia — ou plutôt sur la monture de celle-ci. Voyant cela, l'un des hommes d'équipage dégaina son paralysateur, mais celui-ci resta sans effet, il s'empara alors du pistolaser pendu à sa selle, mais Blade lui fit discrètement signe de ne pas s'en servir. L'homme obéit sans comprendre et remit l'arme dans son étui.

Le tyrannosaure n'était plus qu'à quelques mètres de la jeune femme quand la monture de celle-ci flaira la présence du grand reptile carnassier. L'instinct de conservation submergea le système de contrôle neuronal de l'inducateur, rendant sa liberté d'action au brontosaure qui se retourna vivement, balayant le tyrannosaure d'un coup de son puissant appendice caudal.

La monstrueuse créature conserva par miracle son équilibre. L'une de ses pattes arrière se détendit et laboura l'arrière-train du brontosaure. Celui-ci poussa un hurlement muet et chercha à s'enfuir, mais la gueule avide se refermait déjà sur son long cou flexible, le broyant d'une irrésistible pression des mâchoires terrifiantes.

Sofia, qui avait défait sa ceinture de sécurité, s'accrochait de toutes ses forces aux poignées de la selle. Le tyrannosaure ne semblait pas avoir remarqué sa présence, mais elle risquait fort d'être blessée ou tuée lors du combat à mort des deux reptiles géants. Courageuse, elle profita d'un bref moment d'accalmie pour se laisser glisser le long du flanc de sa monture, se brûlant les paumes des mains aux montants de l'échelle en essayant de ralentir sa chute.

Elle roula à terre, y demeura étendue deux ou trois longues secondes, puis se releva et partit en courant. Dans son dos, le grand corps vert-de-gris du brontosaure était à présent agité de soubresauts d'agonie. Son appendice caudal, qui battait l'air inutilement, rasa le sol alors que son adversaire, affermissant sa prise mortelle, le faisait basculer sur le flanc... La queue démesurée faucha Sofia en pleine course, la frappant au niveau de la taille. La jeune femme fut projetée à une dizaine de mètres de là, inconsciente.

Quand elle revint à elle, l'expression sinistre du visage de Blade, penché sur elle, lui laissa présager le pire. Elle tenta de se redresser, mais une vive douleur au niveau de l'abdomen l'en empêcha. Elle retomba sur le dos, le visage déformé par la souffrance.

— Hémorragie interne, laissa froidement tomber Ronny. Et le nécessaire de premier secours, qui était sur ton brontasaure, a été écrasé dans le combat...

— Ça veut dire que je vais mourir? balbutia-t-elle.

Blade acquiesça en baissant les yeux.

— Alors, il faut que tu saches, décida-t-elle très vite. Que vous sachiez tout. La *Northamerican Space Unlimited* est en train d'essayer de racheter la *B and B Co*!

— Comment es-tu au courant? répliqua l'homme d'affaires, incrédule.

— Je suis un de leurs agents..., souffla la jeune femme. Une « taupe » qu'on a envoyée « dormir » pendant plusieurs années sur Joklun-N'Ghar. Quand la N.S.U. a appris votre venue, on m'a chargé de vous surveiller — et de vous empêcher de découvrir l'O.P.A. qu'elle a lancée avant-hier à la bourse de Luna City !

— Une Offre Publique d'Achat ? Vraiment ? intervint Baker. En ont-ils seulement les moyens ?

Cette très légère pointe d'humour parut obscène à Sofia, qui s'affaiblissait de seconde en seconde. La douleur au creux de son ventre commençait à s'apaiser, mais une brume amère obscurcissait désormais sa conscience. Une larme roula sur sa joue satinée.

— Ne pleure pas, dit Blade. Tu ne vas pas mourir. Nous t'avons tendu un piège. Le tyrannosaure était contrôlé par un indicateur télépathique dont s'occupait Will. Il fallait que tu te croies gravement blessée, voire mourante, pour que ce plan fonctionne. C'est vrai que tu as un gros hématome très douloureux sur la hanche gauche, mais avec les hémoréducteurs du *second* nécessaire de secours, qu'emportait Andy, il se résorbera en quarante-huit heures. Quant à la faiblesse que tu éprouves, elle est due à l'injection de cinq centimètres cubes d'un puissant analgésique qui possède également des propriétés hypnotiques.

Les traits de Sofia van Norden s'étaient décomposés tandis qu'il parlait. Quand il se tut, cette expression de désarroi céda la place à la colère.

— Tu es un salaud! s'écria l'espionne de la N.S.U. Vous êtes tous des...

Blade lui mit la main sur la bouche.

— Tu ne courais aucun risque réel. Même le coup de queue qui t'a assommée était programmé. Dans le pire des cas, tu t'en serais tirée avec quelques côtes cassées.

— Nous avions besoin de savoir quel jeu vous jouiez, expliqua Baker l'air sincèrement désolé. La situation était devenue trop brûlante ces derniers temps. Quand nous avons appris que vous ne traduisiez pas tout ce que vous disait Llianlloo...

Sofia se redressa, grimaçant à cause de la douleur, que son mouvement avait réveillée.

— Je ne comprends pas de quoi vous parlez. J'ai toujours reproduit ses paroles le plus fidèlement possible, croyez-moi.

Blade et Baker se regardèrent. La jeune femme se laissa à nouveau aller. Elle avait une terrible envie de dormir.

— Reposez-vous, dit Baker. Nous reparlerons de tout ça dans une heure, quand vous vous réveillerez. Ce médicament a pour particularité de provoquer un sommeil bref, mais profondément réparateur, qui vous permettra de repartir dès midi.

— Parce que vous m'emmenez avec vous? murmura la blessée. Oui, évidemment. Vous préférez m'avoir sous les yeux — au cas où...

Sa tête roula sur le côté. Elle dormait profondément.

Le rapide interrogatoire auquel Blade se livra au réveil de la jeune femme, s'il lui permit de mieux comprendre les récents événements, ne lui fut en revanche d'aucune utilité en ce qui concernait les Ophiolâtres.

D'après Sofia, la N.S.U. songeait depuis longtemps à racheter la *B and B Co*, mais elle n'en avait jamais trouvé l'occasion. En effet, les quatre associés détenaient plus de la moitié des actions émises, ce qui rendait toute prise de contrôle impossible. Par contre, une O.P.A. bien menée pouvait permettre à la société concurrente d'arriver à la minorité de blocage d'un tiers — à condition que la *B and B Co* ne réagisse pas immédiatement en lançant une offre concurrente ou en surenchérissant auprès des actionnaires.

Le voyage des quatre associés sur Joklun-N'Ghar avait fourni aux dirigeants de la N.S.U. l'occasion qu'ils attendaient. Pour ce que Sofia en savait, ils avaient prévu — ou provoqué, elle n'était pas dans le secret des dieux — l'offre du gouverneur et, donc, leur séjour sur Yegg-Sh'Tra. Sofia devait se débrouiller pour les y accompagner — ce qui n'était pas difficile, vu leur amour des jolies femmes — et s'assurer ensuite qu'ils n'apprendraient pas l'existence de l'O.P.A. avant que la minorité de blocage ne soit atteinte. Elle s'en voulait à mort pour avoir vendu la mèche.

— C'est donc la N.S.U. qui brouille les communications? avait demandé Blade.

— Tu ne croyais pas que c'étaient les Ophiolâtres? répliqua la jeune femme.

D'après elle, il n'existait aucun rapport entre la secte et ses employeurs. L'arrivée de Llianlloo n'était qu'un accident de parcours, un imprévu, de même que les divers attentats et agressions dont avaient été victimes la N'Gharienne, les quatre associés et leur vaisseau. Il fallait donc chercher ailleurs les responsables.

Au cours d'un bref conseil de guerre, ils décidèrent de poursuivre l'expédition en cours. Il fallait avant tout identifier l'origine des perturbations magnétiques. Blade et Baker comptaient sur leurs gérants et directeurs généraux pour endiguer l'O.P.A. jusqu'au rétablissement des communications hyperspatiales. Retourner au vaisseau et décoller pour l'espace — ou un secteur de la planète non touché par le brouillage — leur aurait certes fait gagner plus d'une journée, mais les deux businessmen tenaient avant tout à découvrir qui se dissimulait derrière le masque ophidien du Grand Serpent du Temps.

Ils repartirent donc en direction du sud-est. Le franchissement de la chaîne de collines qui séparait Saghorn de la cuvette de Shiil-Sh'Tar ne posa aucune difficulté, malgré l'étroitesse de certains passages; les brontosaures sous inducteur avaient le pied assuré et ne connaissaient pas le vertige.

La cuvette elle-même était une vaste dépression couverte d'herbes jaunies, où se dressaient quelques cactus géants et arbustes rabougris. Les hauteurs environnantes retenaient une bonne partie des nuages venus de l'océan, créant ainsi une zone semi-désertique qui évoquait de façon troublante certains paysages de Far West.

Au centre de la cuvette se dressait un piton solitaire, *mesa* d'environ un kilomètre de diamètre dont le sommet plat culminait à plusieurs centaines de mètres d'altitude. Tandis que ses parois verticales avaient une chaude couleur ocre-rouge, la dalle de roc qui le couronnait était d'un gris-jaune peu attrayant.

Baker laissa retomber sur sa poitrine les jumelles longue portée.

— J'ai cru distinguer un genre de construction au pied de cette formation naturelle, dit-il. Un bâtiment blanc, de très grande taille.

— Étonnant qu'il n'ait pas été repéré lors des relevés par satellite, commenta Red Owens.

— C'est peut-être juste un amas de rocs de couleur plus clair. Une fraction du « chapeau » qui se serait écroulée suite à l'érosion, suggéra Andy Sherwood.

— Le plus simple est d'y aller voir, conclut Ronny Blade.

Sofia, qui boudait à l'écart, ne pipa mot. Maintenant que sa véritable identité était découverte, son attitude avait changé. La douce est aguichante jeune femme aux cheveux d'or pâle serrait à présent les dents en un masque impénétrable.

Blade se rapprocha d'elle.

— Je ne t'en veux pas. Tu ne faisais que ton travail. La *B and B Co* n'a pas recours à ce genre de méthodes, mais elles sont monnaie courante chez la concurrence. À nous de nous méfier.

— Tu t'es moqué de moi. Tu m'a manipulée.

Le businessman hocha la tête avec un sourire forcé.

— Tu ne t'étais pas gênée pour nous manipuler, toi non plus ! Je pensais perpétuer la vieille tradition des patrons qui tombent sous le charme de leur assistante — et je couchais en fait avec une Mata-Hari !

Sofia le dévisagea avec des yeux tristes.

— Dans ces moments-là, j'étais sincère, dit-elle simplement avant de piquer les deux en direction de la *mesa*.

Il s'agissait bien d'une construction, dont les instruments de mesure évaluèrent l'âge à sept mille cinq cents ans environ. Haute de près de cinquante mètres, elle avait la forme d'un demi-cône adossé au rocher. La plupart des statues qui avaient décoré sa façade convexe gisaient à présent au pied de celle-ci, réduites à l'état de fragments, mais celles qui demeuraient sur pied — à défaut d'être intactes — arrachèrent un cri de surprise à Ronny Blade.

En tournant la tête en direction de William Baker, il vit que ce dernier partageait son étonnement.

— Qu'est-ce qui vous prend, à tous les deux? interrogea Andy Sherwood.

— Ces statues ressemblent de façon frappante à certaines idoles que nous avons achetées lors de notre précédent séjour, expliqua Blade. Des idoles qui ont été façonnées voici cinq mille ans.

— Ce serait la preuve que les N'Ghariens — enfin, *certains* d'entre-eux connaissaient l'existence de Yegg-Sh'Tra bien avant l'arrivée des Terriens, intervint Baker.

— Tu veux dire que des N'Ghariens auraient construit ce truc? s'écria Sherwood.

— Impossible, assura Sofia. Il n'existe aucune trace d'une architecture n'gharienne digne de ce nom. Leur réalisation la plus élaborée en ce domaine n'est guère qu'une grande case aux parois de rotin. Ils n'ont *jamais* utilisé la pierre, en tout cas, sauf peut-être pour créer des gués.

— Comment savoir si vous dites la vérité? instilla perfidement Andy.

La jeune femme se raidit.

— Laisse-la tranquille, intervint Blade. Cette histoire est enterrée. Elle ne travaillera que pour nous, dorénavant — n'est-ce pas, Sofia?

Celle-ci acquiesça silencieusement. Une lueur de reconnaissance dansait dans ses yeux quand elle les leva vers Ronny, comme si elle aurait voulu le remercier d'avoir pris sa défense.

— On essaye d'y entrer? demanda Red Owens. L'origine des perturbations se trouve à l'intérieur, si j'en juge par les relevés des détecteurs.

— Allons-y, décida Sherwood en mettant pied à terre. Tu restes, sage, toi! lança-t-il à l'adresse de son brontosaure, tout en lui flattant affectueusement le flanc. Et tu n'essayes surtout pas de te tirer comme l'autre fois, d'accord?

— Vous avez fait copain-copain? s'enquit Blade.

— Sûr. Je l'ai appelée Brubru.

— Un joli nom, ricana le pacha du *Maraudeur*. Si tu dois avoir un jour un enfant, je vais te donner un conseil : laisse ta femme choisir!

Pour une fois, ce fut Andy Sherwood qui rougit jusqu'aux oreilles.

Ils pénétrèrent dans la construction par un porche monumental qui donnait sur un hall aux dimensions cyclopéennes. Le long des murs se dressaient de colossales statues de marbre vert, qui représentaient des humanoïdes élancés, dont les vêtements évoquaient irrésistiblement une combinaison spatiale mal reproduite. Le premier et le dernier de chaque rangée semblaient d'ailleurs porter un casque, en ce sens que leur tête était remplacée par une sphère surmontée d'une courte excroissance triangulaire.

— Hallucinant! commenta Andy.

— Des visiteurs extra-planétaires ont de toute évidence atterri sur Joklun-N'Ghar voici sept mille ans, fit Ronny Blade. Et il y a très gros à parier que ce sont eux qui ont érigé cette construction — une prouesse architecturale dont les N'Ghariens auraient été bien incapables à leur stade de développement actuel, et à plus forte raison dans ce lointain passé! Je commence à me demander si nous ne faisons pas fausse route...

— Comment cela? dit Baker.

— La source des perturbations est peut-être tout simplement un appareil quelconque que ces... « gens » auraient laissé derrière eux quand ils ont évacué cet endroit. Il serait alors responsable des altérations magnétiques, des croix de feu — qui n'en sont vraisemblablement qu'une conséquence secondaire — et du fait que cette construction n'ait pas été repérée lors des relevés par satellite. Reste à expliquer pourquoi il s'est déclenché au moment précis où les chamanes ophiolâtres réclament l'évacuation de Yegg-Sh'Tra... Une coïncidence est malgré tout difficile à admettre. (Il se tourna vers Sofia van Norden.) Quand tu as dit que la N.S.U. était responsable du brouillage, c'était une certitude ou une supposition basée sur ce que tu sais de leurs méthodes ?

— Une supposition. À cause de l'interruption des liaisons radio, je n'ai pu communiquer avec mon responsable depuis plusieurs jours. Mais comme ce brouillage vous empêchait d'apprendre ce qui se passait en bourse, je me suis dit qu'il s'agissait d'une manœuvre de la N.S.U. dont on ne m'avait pas prévenue. (Elle hésita.) Je n'étais qu'une exécutante ; on ne prenait pas la peine de m'expliquer à quoi allait servir l'action qu'on me demandait d'accomplir.

— Pensez-vous que la N.S.U. a pu avoir connaissance de l'existence de cet endroit ?

— Je n'en ai pas la moindre idée. Je « dormais », je vous l'ai dit.

— Continuons, conseilla Blade.

Suivant Red Owens, qui décidait de la route à suivre en fonction des indications transmises par le petit détecteur de poche qu'il avait emporté, ils s'engagèrent dans un véritable dédale de couloirs, de pièces et d'escaliers, qu'éclairaient des champignons phosphorescents et des plaques lumineuses faites d'une substance inconnue. Çà et là gisaient d'étranges objets, réalisés dans des matières inconnues, dont l'aspect baroque et incongru défiait toute tentative de description.

Baker, qui marchait en dernier, vaporisait en permanence sur le sol une bruine invisible, faiblement radio-active, qui leur permettrait de retrouver leur chemin au retour.

Ils avaient dû parcourir deux bons kilomètres quand ils atteignirent une salle gigantesque, dont le plafond situé à peut-être trois cents mètres de hauteur irradiait une douce clarté bleutée. Cinquante ou soixante issues, de toutes tailles et de toutes formes, s'ouvraient au pied des murs d'un vert très pâle. Le sol était recouvert d'un épais tapis végétal à l'étrange couleur blafarde.

— Si j'en crois le détecteur, dit Red Owens, la source des perturbations se trouverait à trois cents mètres devant nous, légèrement sur ma droite.

— Je ne vois rien, dit Andy en faisant mine de s'avancer.

Blade le retint par la manche.

— Attends un instant. Cette végétation ne me paraît pas catholique.

Il dégaina son thermique et fit feu. Le rayon pourpre creusa une balafre dans les fourrés, qui *s'écartèrent* soudain de l'endroit frappé par l'arme.

— La source se rapproche, annonça Owens.

— En tout cas, aussi bizarres qu'elles puissent paraître, ces plantes qui marchent ne sont pour rien dans les perturbations, grommela Andy. Tu crois qu'elles présentent un quelconque danger ?

— Difficile à dire, fit Blade. Par contre, cette fameuse « source » risque de nous réserver des surprises. Soyez prêts à réagir. Nous pouvons nous retrouver en face de *n'importe quoi* !

— Je n'aime pas du tout l'idée que ça se déplace, grogna Sherwood en épaulant le lourd fusil désintégrateur qu'il avait emporté.

— Baisse-moi ça ! ordonna Baker. Dans un espace fermé, il y a toujours un risque de réaction en chaîne avec un désintégrateur. Tu n'as pas envie de finir sous forme d'atomes libres, n'est-ce pas ?

Convenant que non, Sherwood posa l'arme en travers de ses genoux.

— Trente mètres, annonça Red Owens.

— Je ne vois toujours..., commença Blade. Merde !

Une tête de serpent d'une taille monstrueuse apparut au-dessus du tapis végétal. Elle mesurait bien dix mètres des narines à l'arrière du crâne — ce qui laissait présager un corps d'au moins deux cents mètres de long, calcul que tous effectuèrent avec appréhension.

— Le Grand Serpent du Temps ! hurla Sherwood. Ce n'était pas une légende !

La créature émergea à nouveau de l'enchevêtrement de fourrés et d'arbustes mobiles. Blade nota que ceux-ci s'écartaient, comme avec respect, sur le passage de l'impossible reptile.

— C'est *lui* qui émet les ondes de brouillage, accusa Red Owens.

— Fichons le camp avant qu'il ne nous attaque ! conseilla Andy Sherwood. Nous connaissons maintenant la cause des perturbations, inutile de moisir dans le coin. Je vous rappelle que notre chère *B and B* est actuellement victime d'une O.P.A. et que...

Vif comme l'éclair, l'immense corps sinueux jaillit de la végétation et, en un souple mouvement, encercla la petite troupe. Une muraille recouverte d'écailles, d'une hauteur de trois mètres à trois mètres cinquante, leur coupait toute possibilité de retraite, alors que la tête, qui se trouvait à l'intérieur du cercle, s'avançait vers eux, la gueule entrouverte sur une langue bifide.

— Ce coup-là, pas d'hésitation ! rugit Andy Sherwood en brandissant son désintégrateur. Je vais lui faire péter la citrouille !

— Tu n'arriveras qu'à provoquer un incendie nucléaire, rétorqua Red Owens avec placidité.

— Mourir pour mourir...

Sherwood épaula le lourd fusil et entreprit d'ajuster la tête qui se balançait à vingt mètres du sol. Un premier coup, trop à droite, alla embraser une portion de paroi qui se mit à luire d'un sinistre éclat mauve. Celui-ci subsista une dizaine de secondes avant de s'éteindre.

Tous poussèrent un soupir de soulagement. La réaction nucléaire n'était pas pour cette fois-ci.

Andy visa à nouveau. Le réticule du viseur était positionnée juste entre les yeux glacés du serpent d'angoisse quand une voix retentit dans l'immense salle :

— *Gobtinka! Gobtinka!*

— Llianlloo? appela Sofia.

— *Ve'rmak yazz. Gobtinka! Mrudu ap tejas!*

— Elle dit d'arrêter. De ne pas tirer. Il n'y a pas de danger.

Sherwood demeura interdit. Puis, très lentement, il ôta son œil du viseur et tourna la tête en direction de la jeune espionne.

— Vous êtes encore en train de nous baratiner, pas vrai?

— Andy, ce n'est pas le moment de plaisanter, intervint Baker. Regarde donc plutôt ce qui se passe là-bas.

Llianlloo venait en effet d'escalader la muraille d'écailles et courait à présent vers la tête titanesque en émettant des sifflements sur divers tons. Un œil rose à la pupille fendue la contempla pensivement, puis l'animal lui donna un coup de museau qui la projeta à deux mètres de là, quelque peu étourdie, mais souriante.

— Il joue, commenta Blade. Époustouflant !

Llianlloo s'était assise sur le crâne plat et celui-ci s'élevait dans les airs. Quand tous deux furent à une hauteur d'une quarantaine de mètres, le cercle formé par la queue du reptile s'ouvrit brusquement. Blade, Baker et leurs compagnons en profitèrent pour s'enfuir. La porte par laquelle ils étaient entrés étant trop étroite pour livrer passage au serpent géant, ils se retrouvèrent très vite en sécurité, et venaient à peine de reprendre leur souffle lorsque la N'Gharienne les rejoignit.

Elle leur fit tout un discours dans sa langue, que Sofia traduisit au fur et à mesure. Sammy Delani lui avait rendu visite à bord et, incidemment, lui avait appris où se rendait l'expédition. Elle avait alors convaincu le linguiste de l'aider à les rejoindre. Il lui avait fourni un brontosaure et un équipement complet. Elle avait dès lors poussé sa bête jusqu'aux limites de ses capacités, pour arriver à temps.

Pour empêcher le Grand Serpent du Temps de les tuer.

— Le Grand Serpent du Temps? Vraiment? fit Andy.

— En tout cas, c'était lui qui émettait les ondes de brouillage, affirma Red Owens.

— *C'était?* répéta William Baker.

— Mon gadget est formel; il n'y a plus la moindre trace de perturbations, magnétiques ou autres. Ce reptile de la mort a cessé d'émettre, pour une raison que je ne m'explique pas.

— Alors, décida Ronny Blade, il est temps de rebrousser chemin pour rentrer au vaisseau.

— Ne serait-il pas plus simple d'appeler Chuck pour qu'il vienne nous chercher? interrogea le pacha du *Maraudeur*.

— Bien sûr, mais il se trouve que nous n'avons pas emporté d'émetteur radio, l'informa Baker. Malgré tous nos doutes, nous pensions tomber sur une source naturelle, sur laquelle nous n'aurions eu aucun contrôle.

Blade lui jeta un regard ironique.

— C'était bien une source « naturelle », et nous n'avions aucun contrôle sur elle.

CHAPITRE VIII

Le voyage de retour permit de découvrir un nombre incroyable d'artefacts étranges, d'origine probablement extra-planétaire. Blade et Baker, aidés de Sherwood et de Sofia, sélectionnèrent ceux qui semblaient les plus intéressants et les entassèrent dans des sacs que les hommes d'équipage chargèrent à dos de brontosaure.

Le Grand Serpent du Temps n'avait plus donné signe de vie. Sans doute ne quittait-il jamais l'immense salle au plafond luminescent et son tapis végétal luxuriant.

— Quel monstre ! dit Sherwood en bouclant la dernière sangle. J'en ai encore froid dans le dos. Jamais vu une bestiole de ce calibre !

— Je me demande comment il trouve sa nourriture, marmonna Blade. Il doit falloir une quantité de viande bigrement importante pour nourrir une bête de cette taille !

— Les serpents mangent rarement, rappela

Baker. Et ensuite, ils s'endorment le temps de la digestion. Un brontosaure de temps à autre lui suffit peut-être...

— Ce qui m'intrigue surtout, dit Blade, c'est cette faculté qu'il a de perturber les ondes radio et le magnétisme planétaire. Aucun autre animal de Yegg-Sh'Tra n'en est capable, à ma connaissance. Ce qui pose la question de l'origine de ce serpent... Il n'y a pas, sur ce continent, de lignée évolutive susceptible de lui avoir donné naissance.

— Un mutant? émit Sofia.

— Ce serait une explication, concéda Ronny en la prenant par la taille. En fait, je n'en vois pas d'autre — à moins que cette créature n'ait été *fabriquée*, bien sûr.

— Fabriquée? s'écria Sherwood. Et par qui?

— Par les visiteurs d'outre-espace qui ont construit ce temple et abandonné tous ces étranges et merveilleux artefacts que nous avons ramassés, supposa Baker.

— Je te rappelle qu'il y a plus de cinq mille ans qu'ils ont quitté Joklun-N'Ghar.

— Ce qui justifierait la taille de cet animal, Andy, rétorqua son ami. Les serpents ne cessent jamais de grandir, jusqu'à leur mort. Si celui-ci a quelque chose comme cinq ou six millénaires, quoi de plus naturel qu'il mesure deux ou trois cents mètres? Quant à son exceptionnelle longévité, elle s'explique sans peine s'il s'agit d'un produit de l'ingénierie génétique, « programmé » au cœur même de son ADN par un peuple très avancé scientifiquement.

— Dans quel but ? demanda Red Owens.

William Baker écarta les mains, paumes en avant, en un geste d'ignorance.

— Peut-être donner un... « dieu » aux Ophiolâtres. Il faudrait savoir à quand remonte le Culte du Serpent... Ce linguiste, Delani, semblait persuadé que les N'Ghariens — ou, du moins, certains d'entre eux — connaissaient l'existence de Yegg-Sh'Tra bien avant la venue des Terriens. Il pourra peut-être nous renseigner. En attendant, foin des suppositions oiseuses ! Il est grand temps de regagner Saghorn. Pendant que nous discutons, la N.S.U. rafle les actions de la *B and B Co* !

L'expédition avait parcouru une trentaine de kilomètres en une heure à peine, dans le martèlement des puissantes pattes des brontosaures, quand un homme d'équipage signala un nuage de poussière suspect. Red Owens, qui guidait à ce moment la petite troupe, porta à ses yeux une paire de jumelles super-grossissantes et poussa un grognement de surprise.

— Que se passe-t-il ? interrogea Ronny Blade, dont la monture s'était arrêtée à côté de celle du pacha du *Maraudeur*.

— On nous poursuit, apparemment. J'estime leur nombre à une trentaine. Ils montent des dinosaures quelque peu différents des nôtres, avec un cou plus long et un corps moins massif. Tu veux les jumelles?

Blade s'empara de l'instrument d'optique.

— Des diplodocus, confirma-t-il. Mais je n'arrive pas à identifier leurs cavaliers.

— Ce qui est certain, intervint Sherwood, c'est qu'ils ne nous poursuivent pas pour nous donner un coup de main. Je n'aime pas ça.

— D'où peuvent-ils venir? interrogea Baker. Dans cette direction, il n'y a rien, sinon la savane et les reptiles géants. Je crains qu'il ne s'agisse d'Ophiolâtres décidés à nous faire payer la profanation du temple et de leur divinité ophidienne.

Ils lancèrent leurs montures au galop, mais il devint vite évident que celles de leurs poursuivants, bien qu'aussi massives, possédaient l'avantage de la vitesse. L'écart qui séparait les deux groupes n'était plus que de quelques centaines de mètres quand Red Owens atteignit la ligne de crête des collines entourant la cuvette de Shiil-Sh'Tar, où il fut bientôt rejoint par ses compagnons.

— Des N'Ghariens, dit-il en ôtant les jumelles de ses yeux. Des Ophiolâtres, à coup sûr.

— Il va falloir accepter le combat, déclara

Blade, tandis que les premières balles sifflaient autour d'eux.

Andy Sherwood brandit triomphalement son désintégrateur.

— Je vais leur balancer une secousse dont ils se souviendront jusque dans l'au-delà local !

— Utilisons plutôt les paralysateurs, intervint Baker. Il est préférable d'interroger des prisonniers plutôt que des atomes dispersés par le vent !

Blade et Owens sourirent, tant à cause de la plaisanterie de leur associé que de la mine déconfite d'Andy, qui voyait s'envoler une nouvelle occasion d'user de l'arme terriblement destructrice qu'il avait emportée. Il se pencha pour ranger le désintégrateur dans l'étui pendu à sa selle, puis se redressa, étreignant un paralysateur à longue portée.

— Inutile d'attendre qu'ils nous foncent dessus comme des rapaces, dit Blade. La meilleure défense a toujours été l'attaque. De plus, nous sommes en position de force malgré notre infériorité numérique, puisque nous occupons une position plus élevée que la leur. Il ne devrait pas être difficile de les mettre en fuite.

— Que tu dis ! grogna Sherwood. Moi, sans ce charmant gadget, je ne donne pas cher de notre peau, poursuivit-il en tapotant amoureusement le canon de métal transparent de son arme. En avant, Brubru ! *Banzaï !*

Puis, piquant des deux, il lança son brontosaure à la rencontre de leurs poursuivants. Ceux-ci, comprenant la tactique choisie par les Terriens, immobilisèrent leurs montures et dégainèrent leurs armes, qui lancèrent des reflets métalliques sous les rayons du soleil suspendu au-dessus de l'horizon brumeux.

Sans se soucier des projectiles qui sifflaient autour de lui, Andy Sherwood fonça droit sur les N'Ghariens — couché, toutefois, sur la selle pour offrir une cible moins évidente. La portée des fusils et revolvers dont étaient équipés les indigènes était en effet deux fois plus importante que celle des paralysateurs légers emportés par l'expédition. Quand il arriva à distance de tir, Andy se redressa brusquement et balaya d'un rayon jaune pâle la première rangée de cavaliers. Plusieurs d'entre eux, les muscles tétanisés, tombèrent de leur monture, tandis que d'autres, seulement effleurés par le rayon, s'accrochaient désespérément à leur selle.

Derrière Sherwood venaient Blade et Baker. Tandis que le premier se servait de son paralysateur pour mettre hors de combat les N'Ghariens de la première rangée ratés par leur associé barbu, le second dégoupillait une grenade hypnotique qu'il jetait au milieu du groupe de diplodocus. Il y eut un bruit évoquant une onomatopée de bande dessinée, un petit nuage de fumée rosâtre — et les trois quarts des assaillants churent à terre à leur tour, inconscients.

La demi-douzaine de N'Ghariens encore en état de combattre n'hésita que quelques fractions de seconde avant de s'enfuir dans le fracas de la course pesante de leurs montures reptiliennes, sous les quolibets d'Andy Sherwood, qui était sur le point de les paralyser au moment où ils avaient choisi de s'éclipser.

Ronny Blade mit pied à terre et se pencha sur l'indigène le plus proche, un grand gaillard aux cheveux courts vêtu d'un pagne et de sandales. Soulevant la pièce d'étoffe, il découvrit les tatouages génitaux des Ophiophiles. De son côté, Baker avait agi de même avec un autre agresseur paralysé.

— Eh bien? s'enquit Andy.

— Des sectateurs du Serpent, sans le moindre doute, lui répondit Ronny. Je comprends de mieux en mieux.

— Alors, explique-nous. Car moi, je ne pige rien à tout ça!

— Je n'ai pas encore reconstitué tout le schéma, mais je peux d'ores et déjà t'en décrire une partie. Au départ, il y a un peuple humanoïde inconnu, dont un vaisseau a atterri sur Joklun-N'Ghar voici sept mille ans. Ces gens sont entrés en contact avec une ou plusieurs peuplades locales. C'est sans doute *ensuite* qu'ils ont construit le temple et créé le Grand Serpent du Temps.

« Pourquoi voulaient-ils donner un dieu vivant à ces primitifs ? Et, surtout, un dieu avec lequel les chamanes n'ghariens pourraient communiquer télépathiquement lors de transes induites par des substances hallucinogènes ? Je n'ai pas de réponse à cette question. Mais nous ne pouvons en douter : ils l'ont fait.

Ronny Blade se tut pour observer l'effet de ses paroles sur ses compagnons. Baker approuvait machinalement en hochant la tête, comme s'il avait de son côté tenu le même raisonnement. Red Owens plissait le front, concentré. Sofia semblait se désintéresser de la question. Andy Sherwood exprimait son ahurissement par une grimace involontaire du plus haut comique. Les hommes d'équipage n'écoutaient pas et Llianlloo...

La lueur de compréhension que Blade avait cru voir dans son œil était-elle réelle ?

— Des millénaires ont passé, reprit-il. J'ignore l'importance des groupes d'Ophiolâtres originels, mais au moment de l'arrivée des Terriens, seules quelques tribus de la jungle adoraient encore le Grand Serpent du Temps. Puis, récemment, « quelqu'un » a entrepris d'aider les chamanes à étendre leur domaine. D'un culte primitif, il a fait une véritable secte, une organisation dont le seul but est le départ des colons — enfin, de *certains* colons.

— Tu veux dire qu'il s'est mis les chamanes dans sa poche et que toute cette histoire d'ordres dictés lors de transes, c'est du bidon ? interrogea Sherwood.

— Pas du tout. Je te l'ai dit : le serpent géant a été créé pour que les prêtres puissent communiquer avec lui. Ce que je crois, c'est que notre mystérieux inconnu — qui, à mon avis, n'est pas seul — a réussi, d'une manière ou d'une autre, à manipuler les émissions du dieu vivant des Ophiolâtres. En lui posant un inducteur télépathique un peu plus perfectionné que celui qui équipe nos braves brontosaures, par exemple. Sofia, pouvez-vous demander à Llianlloo si elle a remarqué quelque chose dans le genre quand elle est montée sur sa tête ?

Les deux jeunes femmes discutèrent brièvement.

— Elle dit que oui. Un objet métallique, large comme une petite assiette, était rivé dans le crâne.

— Je l'aurais parié. Désormais, ce ne sont plus les sages conseils du Grand Serpent du Temps que perçoivent les chamanes, mais des émissions télépathiques orientées dans un but précis. On a cru que la popularité du Culte du Serpent venait de ses positions anticolonialistes ; il n'en est rien. Notre inconnu s'est d'abord occupé de « former » un nombre suffisant de chamanes — puis, lorsque ceux-ci eurent suffisamment de fidèles, il a lancé la guérilla contre les Terriens.

— Tu crois donc que celui ou ceux qui les manipulent ont connaissance de l'existence du temple et du serpent ? demanda Red Owens.

— Llianlloo était bien au courant, elle ! Rappelez-vous sa conduite quand elle nous a rejoint. Elle savait exactement ce qu'il fallait faire pour calmer le serpent. Peut-être même lui a-t-elle *parlé*...

— Elle a émis des sifflements, se souvint Sofia. Et le serpent a joué avec elle. Il semblait la connaître. *Nveredigm oof skaggerakk?* demanda-t-elle à Llianlloo.

La jeune N'Gharienne répondit avec un doux sourire.

— D'après elle, le serpent connaît tous ses adeptes. Elle a fait une allusion à la cérémonie d'initiation que je n'ai pas comprise.

Blade hocha pensivement la tête.

— Je ne suis pas surpris. Les chamanes n'ont aucun talent particulier. Ce sont le champignon *g'zuunta* et la liane *y'aggé* qui leur permettent d'entrer en contact avec le serpent, et les adeptes en absorbent lors de la cérémonie d'initiation.

— Conditionnement ? souffla Baker.

— Peut-être. Ça expliquerait le fanatisme des Ophiolâtres.

— Que fais-tu des opposants comme Llianlloo ? interrogea Sherwood.

— Des réfractaires au conditionnement. Cela me semble tout à fait plausible. (Blade se frotta le menton, l'air inspiré.) Pour en revenir à ce que je vous disais, notre inconnu, donc, a « domestiqué » le serpent, s'assurant la direction des sectateurs répartis sur la planète. Il a aussi amené sur Yegg-Sh'Tra un certain nombre d'Ophiolâtres, destinés tant à protéger le temple qu'à faire disparaître les importuns. Et comme notre ami est prudent, il leur a donné de vieilles pétoires terriennes au lieu d'armes à rayons, bien plus efficaces. On ne sait jamais...

— Ça se tient, fit William Baker. Il reste simplement à mettre un nom et un visage sur ce mystérieux inconnu qui, d'après ta théorie, manipulerait les Ophiolâtres.

— Oui, conclut Sofia van Norden. Qui est le serpent ?

L'expédition suivait le lit d'une petite rivière à l'eau claire qui descendait en sinuant vers l'océan. Les brontosaures avaient progressé à vivre allure, de sorte qu'à deux heures du crépuscule, ils ne se trouvaient plus qu'à une vingtaine de kilomètres de Saghorn.

L'étroite vallée creusée au fil des âges par le cours d'eau était un asile pour une flore très originale, notamment des arbustes aux troncs torturés porteurs de lourds fruits jaunes et des centaines de sortes de fleurs multicolores. La petite troupe atteignit un point où la rivière s'élargissait au point de se transformer en un lac d'une centaine de mètres de large, au milieu duquel émergeaient quelques îlots fertiles.

— Un endroit enchanteur. Je me demande s'il fait partie des terrains qui seront mis aux enchères. Après tout, rien ne nous empêche de porter notre choix sur une autre concession que celle qu'on nous a conseillée.

— Tu as raison, Ronny, approuva William Baker. Ce lac constitue un emplacement idéal pour ouvrir une base de loisirs destinée à la population de Saghorn. La ville n'est-elle pas appelée à se développer? Quand les installations portuaires commenceront à pousser sur le littoral, les gens du coin devront renoncer à se baigner dans l'océan; et dans quelques années, il y a gros à parier que la banlieue s'étendra presque jusqu'ici. Je flaire la bonne affaire.

— Vous ferez des projets plus tard! ironisa Red Owens, qui avait pris la tête. Il faut... (Sa bouche se figea en un O de surprise.) Là! Regardez!

Tous suivirent des yeux la direction indiquée par son index. Une centaine de petits diplodocus dévalaient la vallée, montés par des N'Ghariens qui brandissaient des armes luisantes de graisse.

— La deuxième vague, grogna Andy Sherwood. Ceux que nous avons laissé échapper tout à l'heure sont allés chercher leurs petits copains.

— Ils sont trop rapides pour que nous puissions espérer les distancer, jugea Blade. Vite! Tout le monde dans le lac!

Et, donnant, l'exemple, il entraîna sa monture dans les flots paisibles. Ses compagnons le suivirent dans une confusion qui, en d'autres circonstances, aurait paru du plus haut comique. Mais autour d'eux soufflaient à présent les premières balles de leurs agresseurs. Tandis que son brontosaure entrait dans l'eau, Andy Sherwood fit usage de son désintégrateur. Le rayon mauve à large diffraction creusa une tranchée d'un mètre de profondeur, si près des diplodocus de tête que leurs cavaliers ne purent les empêcher de trébucher. Plusieurs d'entre eux roulèrent à terre sous les cris de rage de l'ensemble des attaquants.

L'un des hommes d'équipage poussa un cri bref et retomba sur sa selle, aussi mou qu'un pantin. Une tache écarlate s'élargissait dans le dos de sa combinaison, centrée sur l'emplacement du cœur.

Voyant cela, Andy fit feu une seconde fois, visant un pan de falaise qui surplombait le chemin qu'avait suivi l'expédition. Une avalanche de débris de rocs — dont les plus gros atteignaient la taille d'un homme — s'abattit sur les premiers agresseurs, et la troupe dut stopper pour attendre la fin de la pluie minérale.

Pendant ce temps, Blade, Baker et Sofia avaient atteint l'îlot le plus proche. Long d'une trentaine de mètres, large de dix à peine, il était couvert d'une épaisse végétation, que les brontosaures piétinèrent sans vergogne. Quand Red Owens et Llianlloo les eurent rejoints, il restait à peine assez de place pour un seul animal et son cavalier. Malgré l'inducteur télépathique, les massives créatures manifestaient une certaine nervosité, que leurs cavaliers avaient du mal à contenir. La bête que montait Baker, notamment, ne cessait de piétiner sur place en faisant onduler en tous sens son long cou écailleux.

Un homme d'équipage rejoignit le petit groupe, bientôt suivi par un second. Au lieu de faire monter leurs brontosaures sur l'îlot, ils choisirent de rester dans l'eau — ce qui ne posait aucun problème à leurs montures qui, à l'état sauvage, passaient le plus clair de leur temps au sein de l'élément liquide ou dans les marais.

Le dernier astro était à mi-chemin quand une balle le frappa. Il tressaillit, porta une main à sa hanche. Le coup n'avait fait que l'effleurer. Derrière lui, Andy Sherwood brandit une nouvelle fois son désintégrateur, mais sans doute l'humidité l'avait-elle endommagé, car il refusa obstinément de fonctionner. Grommelant des injures indistinctes, Sherwood le rangea dans son étui et dégaina son paralysateur. Une demi-douzaine de N'Ghariens churent de leur monture, les muscles tétanisés.

Une grêle de balles rida la surface de la rivière autour du Terrien et de son brontosaure. Quelques-unes d'entre elles durent toucher l'animal, qui sursauta à plusieurs reprises, comme piqué par un insecte. En essayant de se retourner pour lâcher une dernière décharge de paralysateur, Andy perdit l'équilibre. Sa ceinture l'empêcha de tomber tout à fait, mais il pendait désormais la tête en bas sur le flanc du brontosaure, aussi incapable de remonter sur la selle qu'une tortue retournée de se remettre sur ses pattes.

Voyant cela, le troisième homme d'équipage fit accomplir un demi-tour à sa monture pour se porter à son secours. Il était sur le point de rejoindre Sherwood quand deux balles le frappèrent, l'une à la poitrine, l'autre à la jonction de l'épaule et du cou. Il s'effondra, perdant son sang en abondance, tandis que les premiers diplodocus entraient dans l'eau, indifférents à la pétarade des armes de leurs cavaliers.

Par bonheur, le brontosaure d'Andy avait continué à progresser en direction de l'îlot, sans doute attiré par la présence de ses congénères. Quand il l'atteignit, les deux hommes d'équipage survivants n'eurent aucun mal à remettre en selle le barbu, qui cessa dès lors de tempêter et de vociférer.

— Nous allons avoir du mal à les repousser, constata Ronny Blade.

— D'autant plus qu'ils sont en train de nous couper la retraite ! s'écria Baker. Regardez ce groupe, là-bas, en amont. Il est en train d'essayer de nous prendre à revers.

— Ils vont occuper l'îlot le plus proche, dit Red Owens. Ça crève les yeux. Je ne sais même pas si nous pourrons les contenir — ils sont trop nombreux.

— Et ce foutu désintégrateur qui foire ! rugit Andy Sherwood en donnant un coup de poing sur la crosse de l'arme.

Un rayon mauve jaillit de l'étui, dématérialisant quelques millimètres de la peau écailleuse du brontosaure avant de creuser un vortex tourbillonnant dans l'eau limpide. Luttant pour conserver son calme, Andy sortit précautionneusement du fourreau de plastex l'arme bloquée en position de tir et l'orienta vers la vingtaine de diplodocus qui tentaient de contourner leur position.

Le faisceau violacé s'éteignit une fraction de seconde avant de se poser sur sa première victime. Poussant un juron obscène, Sherwood commença à marteler du poing la crosse et le corps de l'arme. Puis, jugeant que la panne était définitive, cette fois-ci, il jeta le désintégrateur dans la rivière, une expression de dépit sur son visage barbu.

Pendant ce temps, ses compagnons avaient disposé leurs montures à demi immergées en cercle autour de l'îlot ; les puissants brontosaures formaient une muraille de deux mètres de hauteur, infranchissable aux balles des agresseurs, mais non exempte de failles ; les lourds animaux ne cessaient en effet de bouger. Quant à leurs cavaliers, ils avaient mis pied à terre et sorti leurs armes. Il n'était plus question de se montrer clément ; cette fois-ci, les thermiques entreraient en action et plus seulement les paralysateurs.

Andy intégra son brontosaure dans le rempart vivant et rejoignit ses compagnons, pataugeant dans l'eau tiède.

— Notre position est très mauvaise, jugea Blade. Maintenant qu'ils ont réussi à prendre pied sur cet îlot, il ne nous reste plus qu'une issue : la rivière.

— Étonnant qu'ils n'aient pas envoyé quelques hommes en aval, commenta Sherwood qui essayait d'essorer ses vêtements trempés.

— Tu n'entends pas ce bruit ? demanda Red Owens. Je crois que le lac se termine par une cascade ou des rapides. Pas question de passer par là. Nous sommes coincés, mes amis. Assiégés. La question est de savoir combien de temps nous pouvons tenir dans de telles conditions. Nous avons déjà perdu deux hommes. La prochaine attaque sera bien plus meurtrière, j'en ai bien peur.

— Je le crains également, renchérit Baker. Ces antiques pétoires à projectiles sont tout aussi efficaces qu'un pistolaser, lorsqu'elles font mouche — et le sort tragique de nos deux gars prouve à l'évidence que ces Ophiolâtres savent parfaitement s'en servir !

— Nous aurions dû emporter un émetteur, grogna Sherwood. Après tout, n'étions-nous pas partis pour mettre un terme à ces fichues perturbations ?

— Nous ne pouvions prévoir ni que le temps presserait — à cause de l'O.P.A. de la N.S.U. —, ni que nous serions attaqués sur le chemin du retour par une centaine de sectateurs armés jusqu'aux dents, lui rappela Baker. Cela dit, tu as raison : un émetteur serait bigrement utile dans les circonstances présentes.

Llianlloo le tira par la manche. Il tourna la tête, intrigué. La jeune N'Gharienne lui fit un sourire radieux et fouilla dans le sac de peau qui ne l'avait pas quittée un seul instant. Après dix longues secondes de recherches, durant lesquelles ses compagnons ne perdaient pas un seul de ses mouvements, elle en tira un minuscule émetteur-récepteur d'un modèle inconnu, qu'elle tendit à Baker.

Celui-ci s'en empara, les yeux agrandis par la surprise. Puis son regard s'éclaira.

— Tu comprends ce que nous disons, accusa-t-il.

— Bien sûr, répondit Llianlloo en *omnia lingua*. Je comprends tout depuis le début.

Sofia van Norden poussa un petit cri aigu et s'évanouit dans les bras de Ronny Blade.

CHAPITRE IX

Le *Maraudeur* survolait l'océan à plusieurs fois la vitesse du son, déchirant les nuages dans le fracas de ses réacteurs. Encore une heure, et l'astronef géant atterrirait à Nytghur, où il était attendu avec impatience. L'interruption des communications avec Yegg-Sh'Tra et la montée de la contestation ophiophile avait induit une atmosphère de tension dans la capitale. Quand Red Owens avait annoncé que ses associés avaient mis le doigt sur la clef du problème, Don Wray s'était raidi sur l'écran du visiophone, engagcant l'astronaute à faire vite, car la poudrière qu'était devenue la planète pouvait exploser à tout instant.

— Je ne suis pas une N'Gharienne, révéla Llianlloo quand tous furent installés dans le grand salon, mais Roxane Da Silva, agent spécial de la Sécurité terrienne. J'ai été choisie l'année dernière pour infiltrer la secte des Ophiolâtres, dont la popularité et les positions anti-terriennes inquiétaient le gouvernement central. Très vite, j'ai compris que les chamanes étaient, d'une manière ou d'une autre, manipulés par un groupe de Terriens. La stratégie que leur communiquait télépathiquement le « Grand Serpent du Temps » lors de leurs transes psychodisleptiques était trop *moderne* pour leur avoir été inspirée par une divinité quelconque. Les Ophiolâtres n'ont rien inventé ; ils n'ont fait que reprendre de bons vieux principes de guérilla qui ont prouvé leur efficacité sur la Terre lors de la grande période de décolonisation du XXe siècle.

« Ou, plus exactement, on leur a *enseigné* ces principes.

— Tout à fait d'accord, approuva Blade. Tu ne fais que reprendre ma propre théorie, laquelle s'est d'ailleurs trouvée confirmée par les événements que nous venons de vivre.

— J'étais sur le point de quitter le temple où je suivais les étapes de l'initiation, quand on vint me chercher pour la cérémonie finale. À l'origine, j'avais prévu d'éviter celle-ci, car elle me semblait comporter certains dangers, mais elle avait été avancée de deux jours, pour des raisons inconnues.

« On m'a fait avaler une drogue quelconque. Ce n'était ni du *d'zuunta*, ni de la *y'aggé*, dont on m'avait décrit les effets, mais une autre substance, qui s'est très vite emparée de mon esprit. Perdue dans une mer de couleurs, percevant mon environnement comme un kaléidoscope de sensations, je n'étais plus qu'un point minuscule face à l'infini. Ce n'était pas une sensation à proprement parler désagréable, malgré l'impression, impossible à chasser, que quelque chose de ténébreux flottait à la lisière de mon champ de conscience... Puis ce quelque chose se rapprocha, et je compris que le Grand Serpent du Temps venait d'entrer en moi-même.

« Dès lors, tout ce qui constituait ma personnalité se décomposa en fragments étincelants. Roxane Da Silva avait cessé d'exister. Il n'y avait plus que l'angoisse et cette créature qui s'était infiltrée dans mon esprit morcelé. Cet état dura six heures ou six mois, puis je m'endormis, soudain apaisée.

« Quand je me réveillai, le lendemain matin, je découvris que j'avais perdu l'usage de l'*omnia lingua*, même si j'étais encore capable de la comprendre, comme je le constatai par la suite. Roxane Da Silva était devenue Llianlloo la N'Gharienne, qui ne parlait que le m'lark. Comprenant que l'initiation n'était en fait qu'un processus de conditionnement, je décidai de m'enfuir. Après deux jours de marche dans la jungle, je rencontrai un prospecteur indépendant, un ignoble individu qui tenta de me violer. C'est sans remords que je l'assommai et lui « emprunta » son véhicule, que j'abandonnai à peu de distance de Yungkhar.

« Je n'avais pas fait cent mètres dans les rues de la ville quand les deux N'Ghariens m'ont agressée. Apparemment, le Grand Serpent du Temps — quelle que fût sa véritable identité — avait révélé mon identité aux chamanes. Ces hommes étaient des Ophiolâtres, bien décidés à me tuer. Sans votre arrivée.

— Pourquoi ne pas nous avoir tout expliqué à ce moment-là ? interrogea Sherwood.

— J'en étais incapable. Éberluée, je m'entendis raconter à Sofia une histoire sans le moindre rapport avec la réalité. Et tous mes efforts pour rétablir la vérité ne conduisirent qu'à l'expression de nouveaux mensonges ! Plus tard, lorsque vous m'avez interrogée, poursuivit-elle en regardant Sammy Delani, c'est une autre histoire qui est sortie de ma bouche. J'étais conditionnée, prisonnière d'un implacable contrôle psychique !

— Ce qui explique pourquoi Sofia et Sammy ont chacun donné une traduction différente de ton récit, dit pensivement Blade. Et dire que c'est ce détail qui nous a permis de te démasquer ! ajouta-t-il à l'adresse de l'ex-espionne de la N.S.U.

Celle-ci eut un sourire un peu triste :

— Pas de chance. De toute façon, c'est mieux comme ça, non ?

Blade acquiesça en lui prenant la main.

— Quand j'ai appris que vous étiez partis pour la cuvette de Shiil-Sh'Tar, poursuivit Roxane, j'ai ressenti un incontrôlable sentiment d'urgence. Vous étiez en danger, je le savais d'une manière... « intime ». En danger de mort. Mon conditionnement m'interdisait de parler, main non d'agir. Je persuadai Delani de m'aider, comme je vous l'avais dit.

« Quand j'atteignis le temple, je sus que j'étais déjà venue ici, sans doute en esprit, lors de mon initiation. Et au fur et à mesure que je m'enfonçais à l'intérieur, les choses devenaient plus claires dans mon esprit. Le Grand Serpent du Temps — l'authentique, cette créature démesurée qui vous aurait tués sans mon intervention — était entré en contact psychique avec moi. C'est une créature sage et ancienne, qui me reconnut instantanément comme l'une de ses adoratrices. Je n'eus aucune peine à le persuader de vous laisser repartir. Pendant que je me trouvais sur sa large tête, j'en profitai pour débrancher l'inducteur télépathique dont on l'avait muni. Pour me remercier de l'avoir libéré, il me débarrassa de mon conditionnement.

« La suite, vous la connaissez...

Un profond silence succéda au discours de la jeune femme. Chacun réfléchissait aux conséquences de ce qu'ils venaient d'apprendre. Ce fut Ronny Blade qui prit le premier la parole :

— Eh bien, voilà une cascade de révélations ! Cela faisait un certain temps que je me doutais que tu comprenais tout ou partie de ce que nous racontions. Mais tu ne nous apportes pas l'information primordiale : qui est derrière cette machination machiavélique ?

L'officier radio fit irruption dans le salon.

— Je viens d'avoir la liaison avec la bourse de Luna City. L'un de vous doit confirmer l'ordre d'achat.

— Je viens, décida Sherwood en se levant. Combien ont offert ces crapules de la N.S.U. ?

— Quatre cent trente crédits galactiques par action.

— Tu peux offrir cinq cents, décida Baker.

Red Owens et Ronny Blade hochèrent la tête en guise d'acquiescement. La somme leur paraissait correcte.

— Revenons à « notre » affaire, reprit Blade quand Andy eut disparu. Je propose de tenter un coup de bluff. Après tout, nous n'avons qu'un seul suspect...

— Ah oui ? s'écria le pacha du *Maraudeur*. Et qui donc ?

Ronny le lui dit et tous convirent qu'il avait raison.

Herbert Müller, gouverneur de Joklun-N'Ghar, n'avait pas pour habitude d'être réveillé au petit matin. Il arriva dans son bureau en pantoufles, drapé dans une luxueuse robe de chambre de laquelle dépassaient les jambes d'un pyjama jaune canari. Ses yeux s'arrondirent lorsqu'il découvrit la demi-douzaine de personnes qui l'y attendaient. Il y avait là les quatre dirigeants de la *B and B Co*, mais aussi une fille blonde, un individu parfaitement anonyme et une jeune N'Gharienne vêtue à la terrienne.

— Que se passe-t-il ? demanda Müller d'une voix agacée. J'espère pour vous que vous avez une excellente raison de me déranger à cette heure indue !

— Une excellente, Votre Excellence, ironisa Andy Sherwood, ce qui lui attira un vigoureux coup de coude dans les côtes de la part de Red Owens.

La N'Gharienne s'avança d'un pas.

— Je suis Roxane Da Silva, agent spécial de la Sécurité terrienne, annonça-t-elle. Si vous disposez d'un multicodeur, je suis en mesure de vous le prouver. Sinon, il faudra attendre que j'aie pris contact avec mes supérieurs.

Le gouverneur dissimula sa surprise et prit place derrière sa somptueuse table de travail.

— Très bien, dit-il. Expliquez-vous.

— Nous avons la preuve que les Ophiolâtres sont manipulés par des Terriens, murmura Roxane. Nous pensons même savoir de qui il s'agit.

— *Nous?* répéta Müller.

— J'ai été grandement aidée dans mon enquête par messieurs Blade et Baker, ainsi que leurs associés ici présents. Sans eux, en fait...

— Ce qu'elle veut dire, intervint Will Baker, c'est que nous détenions chacun un certain nombre d'éléments qui, une fois assemblés, nous ont permis de reconstituer le puzzle. Les Ophiolâtres originels étaient en liaison avec une créature monstrueuse, qui a dû être créée pour des raisons inconnues par une race extraterrestre inconnue.

— Cela fait beaucoup d'inconnues, observa Herbert Müller.

— Toujours est-il que le Grand Serpent du Temps est une réalité — et que quelqu'un lui a collé un inducteur télépathique! lança Andy Sherwood.

Le gouverneur le dévisagea avec des yeux pleins d'incompréhension.

— Les chamanes conversaient mentalement, lors de leurs transes, avec une créature artificielle très ancienne, pleine d'une sagesse qui leur était profitable, poursuivit Baker. Puis un jour quelqu'un, en découvrant le serpent, a compris quel était son rôle par rapport aux Ophiolâtres. Il a alors piraté la liaison télépathique et inculqué des sentiments xénophobes aux prêtres, qui les répercutaient bien entendu parmi leurs fidèles.

— Dans quel but ? coupa Müller. Qui pourrait avoir intérêt à pousser Joklun-N'Ghar vers l'indépendance ?

— Thard Valekor, laissa tomber Ronny Blade. Peggi, son bras droit, a essayé de faire lyncher Llianlloo... Roxane, rectifia-t-il promptement. Nous pensons que les deux hommes ont conservé des liens étroits depuis la déchéance de Valekor. *Si* Peggi a les mêmes intérêts que les Ophiolâtres — en ce cas précis : faire disparaître un témoin gênant —, alors il en va de même pour son patron !

Le gouverneur sentit qu'il était temps de prendre une décision. Il se redressa et, s'appuyant des deux poings sur la surface lisse de son bureau, demanda :

— Qu'attendez-vous de moi, exactement ?

— Faites arrêter Valekor, Peggi et tous ceux qui sont en rapport avec eux, conseilla Sherwood. La spatiale sera enchantée de s'en charger.

— Mais faites vite, implora Roxane. J'ai déconnecté l'inducteur télépathique du Grand Serpent du Temps ; notre homme va finir par se rendre compte qu'il n'a plus aucun contrôle sur ses « troupes » indigènes.

— Cela dit, c'était le seul moyen d'empêcher une insurrection généralisée, compléta Ronny Blade. Dépourvue de plan d'ensemble, une révolte ophiolâtre sera vite apaisée, sans qu'il soit nécessaire de recourir à la force. Songez que ces N'Ghariens ne sont pas responsables ; on les a dressés contre nous.

Müller tendit la main vers le visiophone.

— Je vais donner les ordres nécessaires.

Il devisa brièvement avec un officier de la Spatiale aux yeux rougis par le manque de sommeil.

— Il reste un dernier point dont vous devez avoir connaissance, l'informa Baker lorsque l'écran s'éteignit. Lors de notre séjour à Saghorn, un indigène m'a remis un rouleau de parchemin couvert d'une écriture inconnue. Sammy Delani, ici présent... (Il désigna le petit homme anonyme)... a réussi à en traduire l'essentiel. Il s'agit d'une transcription récente d'un ouvrage très ancien, sans doute réalisée par l'un des vieux chamanes de la jungle. Il y dénonce l'imposture dont sont victimes ses collègues, en des termes ambigus mais qui ne laissent aucun doute sur la véritable nature du Culte du Serpent.

— Ces gens-là sont pacifiques, renchérit Delani. La symbiose psychique qui les unit au Grand Serpent du Temps a adouci leurs mœurs au point de les rendre vulnérables. Car leur « dieu » vivant ne peut les protéger contre les autres tribus, qui ne partagent pas leurs convictions.

— Et aujourd'hui, ce sont des centaines de

milliers de personnes qui vivent sous l'influence de cette créature impossible, ajouta Blade. Bientôt, tous sauront que leur culte ne repose pas seulement sur une pure croyance, mais aussi sur une réalité matérielle, palpable. (Il prit une expression dépitée.) Messieurs, je crois qu'il nous faut renoncer à notre concession sur Yegg-Sh'Tra. Il n'est plus question d'ouvrir le continent à la colonisation, maintenant que nous savons *qui* s'y trouve.

« Le Grand Serpent du Temps est le garant de la paix civile sur cette planète. Mieux vaut ne pas aller le chatouiller sous le menton...

Le grésillement du visiphone l'interrompit. Herbert Müller répondit avec nervosité. L'officier qu'il venait de contacter lui annonça que Valekor et Peggi avaient disparu de leurs domiciles respectifs.

— Bouclez Nylghur ! rugit le gouverneur. Utilisez tous vos hommes si nécessaire ! Je vous envoie les gardes du palais. (Il jeta un coup d'œil entendu à Roxane.) *Il n'y a pas de risque d'attentat cette nuit.*

Une demi-heure plus tard, tous étaient installés dans un salon du palais gouvernemental, devant un choix de boissons variées où se mêlaient euphorisants et alcools exotiques. La conversation roulait bien évidemment sur l'affaire en cours. Herbert Müller semblait passionné par les aventures des quatre associés. Andy Sherwood était en train de lui raconter comment ils avaient résolu le problème posé par la colonie perdue et son roi mégalomane, quand une trentaine d'individus firent irruption dans la pièce. Le crâne rasé, armés de pistolasers et de fulgurants, ils portaient un uniforme de couleur sombre, dépourvu de tout insigne ou marque distinctive.

L'un d'eux se détacha du groupe menaçant. Tous reconnurent Bastien Peggi, qu'accompagnait un homme de haute taille, sous la courte brosse métallique duquel étincelait un regard halluciné. Thard Valekor, sans le moindre doute.

— Pauvres imbéciles ! cracha-t-il, le visage déformé par une hideuse grimace. Vos chiens de garde me cherchent dehors alors que je suis ici, au point stratégique.

Il fit quelques pas sur le côté, étudiant l'expression de chacun avec une attention agressive. Blade et Baker soutinrent sans ciller son regard brûlant. Et tous deux acquirent la conviction qu'il était fou.

— Comment avez-vous pu penser un seul instant que je vous laisserais mettre mon plan en échec ? reprit Valekor.

— Parce que vous appelez ça une franche réussite ? ne put s'empêcher de railler Sherwood.

Peggi le frappa au visage avec la crosse de son arme. Andy tomba à genoux. Du sang coulait de sa pommette tuméfiée.

— J'ai suivi tout votre cheminement, poursuivit l'ex-gouverneur. Grâce au merveilleux micro-équipement dont la N.S.U. dote tous ses agents, j'ai pu vous épier à travers les perceptions de cette chère Sofia van Norden. La transmission, d'ordre télépathique, n'était pas affectée par le brouillage qu'émettait le Serpent. (Il se tourna vivement vers Roxane.) En déconnectant l'inducteur, vous n'avez fait que retarder l'inévitable. À l'heure qu'il est, mes hommes sont en train d'entrer dans le temple. Dans moins de trente minutes, je contrôlerai à nouveau les Ophiolâtres.

— En êtes-vous bien sûr? demanda la fausse N'Gharienne.

Valekor la foudroya du regard.

— Que voulez-vous dire?

— Je ne suis pas certain que le Serpent se laisse approcher aussi facilement que la première fois, voyez-vous. En montant sur sa tête, j'ai partagé ses pensées. J'en ai profité pour le mettre en garde.

Les traits de Thard Valekor se déformèrent sous l'effet de la fureur. Peggi s'avança, comme pour frapper la jeune femme, mais l'ex-gouverneur lui fit signe de n'en rien faire.

— Nous sommes maîtres du palais, déclarat-il avec emphase. J'ai trois cents hommes avec moi, et cinq cents N'Ghariens prêts à agir dans les faubourgs. Tous les Ophiolâtres n'attendent pas un signal du Grand Serpent du Temps pour passer à l'action ! J'ai les moyens de mettre Nylghur à feu et à sang. Renoncez à votre poste, Müller, et rien de tout ceci n'arrivera.

— En votre faveur ? s'étrangla le gouverneur. Jamais !

Valekor affecta un air sinistre et désolé.

— Alors, je vais devoir vous tuer.

Il leva son fulgurant et pressa la détente. Le rayon vaporeux frappa Müller comme une décharge électrique. Le malheureux roula à terre, tétanisé, le corps parcouru d'horribles crampes.

— Premier avertissement, annonça son bourreau en augmentant d'un cran l'intensité. Il reste trois paliers avant la mort. Vous avez largement le temps de souffrir.

— Attendez ! s'écria Llianlloo/Roxane. Il y a peut-être moyen de s'arranger. Après tout, je représente le gouvernement terrien. Si Son Excellence refuse de se démettre, je suis habilitée à prononcer sa mise à pied. Je peux également nommer un nouveau gouverneur.

Valekor éclata d'un rire hystérique.

— Vous ne comprenez pas, ma chère, grasseya-t-il. Je ne veux pas d'un poste de gouverneur. Joklun-N'Ghar ne dépend plus, désormais, de l'autorité impériale. Ce monde est indépendant et j'en suis le maître absolu!

— Si j'étais vous, conseilla Roxane, je regarderais par la fenêtre avant d'énoncer de telles stupidités. Le bâtiment est cerné par les troupes terriennes et un croiseur géant de la Spatiale plafonne à huit cents mètres d'altitude, prêt à détruire l'écran protecteur du palais. Les agents de la N.S.U. ne sont pas les seuls à disposer d'un émetteur sensoriel permanent, voyez-vous...

Valekor ouvrit la bouche pour répondre, mais aucun son ne franchit ses lèvres. Autour de lui, les hommes en uniforme sombre s'effondraient un à un, le visage figé. Il tenta de lever son arme, en un ultime et dérisoire geste de défi, mais ses muscles le trahirent et il roula lui aussi sur le sol, en même temps que Blade et Baker.

Une dizaine de personnes étaient réunies dans le vaste bureau du gouverneur, par la fenêtre duquel entraient à flots les chauds rayons du soleil de Joklun-N'Ghar. Il était un peu plus de midi, et la chaleur commençait à devenir étouffante, malgré les puissants climatiseurs qui ronronnaient comme de gros animaux paisibles.

— Eh bien, je suis heureux que cette affaire soit terminée! s'écria Herbert Müller, une expression d'intense soulagement sur le visage. Je commençais sincèrement à me faire du souci au sujet des Ophiolâtres.

Ronny Blade lui adressa un sourire chaleureux.

— Vous n'étiez pas le seul. Je crois que tous les colons partagent votre sentiment — sentiment qui se trouve également être le nôtre. (Il s'approcha de la fenêtre et désigna la foule rassemblée au pied du palais.) Beaucoup de N'Ghariens se sentent eux aussi rassurés. Les Ophiolâtres n'étaient nullement majoritaires dans la population locale, malgré tout ce qu'on a pu dire...

— Qu'allons-nous faire d'eux, maintenant? interrogea Albert Jorgen. Même décapitée, leur organisation représente un grand danger pour les établissements terriens; et nous ne pouvons tout de même pas les renvoyer dans la jungle...

William Baker balaya ses arguments d'un revers de la main.

— Comme nous l'a dit Roxane, les sectateurs du Serpent sont plutôt pacifiques. Certes, on a enseigné à bon nombre d'entre eux des techniques de combat et de guérilla, et ceux qui ont travaillé dans les mines ou sur les chantiers savent désormais manipuler les explosifs avec autant d'habileté que n'importe quel expert terrien — mais je ne pense pas qu'ils feront usage de ces connaissances si nous leur accordons ce qu'ils demandent.

« Mes amis, conclut-t-il en se tournant vers ses associés, je crois qu'il va nous falloir renoncer à acquérir une concession sur Yegg-Sh'Tra.

Herbert Müller se dressa, les dents serrées, le regard étincelant.

— Vous ne proposez tout de même pas de fermer le continent à la colonisation ?

— Bien sûr que si, rétorqua Roxane, ravissante dans sa tenue terrienne, faite d'une combinaison moulante et de hautes bottes de plastex métallisé. En raison de la présence du Grand Serpent du Temps, les Ophiolâtres — dont le nombre dépasse aujourd'hui le million, je vous le rappelle — ne pourront jamais tolérer que l'on profane Yegg-Sh'Tra. Ils ne renonceront pas à cette revendication, même si elle a été à l'origine dictée par des intérêts très différents des leurs.

— Thard Valekor voulait nous empêcher de découvrir l'existence de la monstrueuse créature qu'il avait asservie à l'aide d'un inducteur télépathique, dit Blade. Les Ophiolâtres, eux, désirent simplement préserver leur « dieu vivant ». Je crois que nous devons leur accorder cette faveur, ne serait-ce que pour garantir la paix de ce monde.

— Mais que vais-je dire aux financiers et industriels qui commencent à arriver pour les enchères? s'écria le gouverneur. Certains d'entre eux ont parcouru des centaines d'années-lumière dans l'espoir d'obtenir une concession fructueuse!

— Il reste encore des territoires vierges à attribuer sur le continent principal, intervint Jorgen. Et nous pouvons tout à fait mettre aux enchères des concessions insulaires. L'océan de Joklun-N'Ghar compte des dizaines de milliers d'îles, pour la plupart inhabitées, dont certaines possèdent d'importantes ressources minérales. (Le secrétaire alla se poster devant un écran d'ordinateur et pianota quelques instants sur le clavier.) Voyez, plus de mille cinq cents îles ont déjà été explorées et cataloguées! reprit-il en désignant les caractères verts sur fond noir qui défilaient devant lui. Il y a là de quoi satisfaire tous ceux qui viendront dans l'espoir d'acheter un peu du sol de Joklun-N'Ghar.

— Voilà une excellente idée, commenta Baker avec un large sourire. Ainsi, Yegg-Sh'Tra pourra devenir une sorte de réserve naturelle, seulement ouverte aux N'Ghariens et aux scientifiques venus étudier sa faune et sa flore préhistoriques. Je ne pense pas que les chamanes refuseront l'établissement d'une base permanente à l'emplacement de Saghorn. Et peut-être même sera-t-il un jour possible d'explorer le temple en détail, pour peu que le Grand Serpent du Temps donne son accord.

— Vous en parlez comme d'une créature intelligente, remarqua Müller avec un frisson.

— C'en est une, rétorqua Roxane. Ceux qui l'ont créée lui ont donné des facultés de compréhension et d'analyse pour le moins égales à celles des êtres humains. Maintenant que son esprit a été libéré du joug de l'inducteur télépathique posé par Valekor, nul doute que le Serpent va jouer un rôle important dans la vie de Joklun-N'Ghar.

— N'est-ce pas dangereux? s'enquit le gouverneur. Cette chose n'a rien d'humain. Il s'agit d'une intelligence reptilienne, étrangère...

La jeune femme l'interrompit sèchement :

— J'ai « communié » avec le Serpent, vous semblez l'oublier. Il est bon, sage et pacifique. Il ne veut que le bonheur de ceux qui lui vouent un culte fervent.

— De plus, ajouta Sofia van Norden, il serait fort intéressant d'entrer en relation avec lui. Sa mémoire recèle plus de soixante-quinze siècles d'histoire locale — sans compter ce que ses créateurs inconnus ont pu y implanter. Le Serpent constitue une mine inépuisable d'informations, à laquelle, je le suppose, les chamanes Ophiolâtres ont accès...

Le visiphone posé sur la table de travail somptueuse du gouverneur émit un grésillement. Müller répondit immédiatement.

— C'est pour vous, dit-il aux quatre associés en tournant vers eux l'écran de l'appareil, où apparaissait le visage hilare de Chuck Nilson.

— Je viens de recevoir des nouvelles de Luna City, dit celui-ci. L'O.P.A. de la N.S.U. a totalement échoué. Ils n'ont même pas réussi à rafler dix pour cent des actions de la *B and B Co*.

— Parfait, commenta Sherwood. Et *notre* O.P.A. ?

Ses associés le dévisagèrent avec une surprise indicible.

— Tu ne nous avais pas parlé de ça ! s'exclama le pacha du *Maraudeur*.

— Succès sur toute la ligne, dit Nilson, qui n'avait pas entendu la remarque de son supérieur. Vous possédez désormais un peu moins de quarante pour cent des titres de la N.S.U.

— Soit un peu plus que la minorité de blocage, fit Baker avec satisfaction. Excellente initiative, Andy. J'espère seulement que cela ne nous a pas coûté trop cher.

— Pas du tout, assura Nilson. Après l'échec de l'O.P.A. sur la *B and B Co*, les actions de la N.S.U. ont commencé à dégringoler. L'opération avait coûté trop cher à vos concurrents. Dès lors, tout le monde voulait s'en débarrasser — et nos agents de change ont été les plus rapides.

Les quatre associés remercièrent le second du *Maraudeur*, puis l'écran s'éteignit.

— Vous êtes gagnants sur toute la ligne, remarqua le gouverneur. On m'avait raconté que vous saviez vous montrer durs en affaires — mais là, j'en reste bouche bée!

Il se leva et alla se planter devant la vaste carte de Joklun-N'Ghar qui occupait tout un mur du bureau.

— Choisissez, dit-il en effectuant un large mouvement du bras qui englobait une bonne partie des nombreux archipels qui piquetaient la surface de l'océan n'gharien. En tant que gouverneur de ce monde, j'ai le pouvoir de soustraire des concessions aux enchères pour les vendre directement à ceux que je juge dignes de les posséder.

Un peu surpris, Blade et Baker s'approchèrent du planisphère, suivis par Sherwood et Red Owens. Derrière eux, Roxane et Sofia se concertèrent rapidement à voix basse, puis rejoignirent les quatre hommes, un sourire amusé éclairant leurs visages adorables à la peau satinée.

— Prenez celle-ci! s'écrièrent-elles avec un parfait ensemble, désignant un minuscule point perdu à des milliers de kilomètres de la terre la plus proche.

— L'île de Huxley, lut Ronny Blade en prenant Sofia dans ses bras. Pourquoi pas? Voilà un endroit qui me semble correspondre tout à fait à ce que nous recherchons.

— Toi, remarqua Baker, tu as envie de prendre des vacances...

Roxane se lova contre lui, tandis que Red Owens, rouge comme une pivoine, détournant pudiquement le regard.

— Je crois que nous en avons tous besoin, constata Sherwood. Combien pour ce caillou, gouverneur?

Herbert Müller haussa les épaules.

— Il ne présente aucun intérêt. Je vais m'arranger pour vous en faire don. Après tout, sans vous, Joklun-N'Ghar serait aujourd'hui à feu et à sang... Albert, voulez-vous préparer les papiers nécessaires?

Le secrétaire acquiesça et s'assit devant le terminal où il commença à pianoter sur les touches de plastex bleu.

— Je vous prie de m'excuser, dit le gouverneur, mais je dois me rendre à la prison pour assister à l'interrogatoire de Thard Valekor. La Sécurité tient à le faire parler avant de l'amener sur Terre, où il sera jugé, ainsi que ses complices.

Quand il eut quitté la pièce, Albert Jorgen cessa un instant de martyriser son clavier et se tourna vers les deux jeunes femmes.

— Vous le saviez? demanda-t-il.

— Bien sûr, répondit Roxane. Nous le savions toutes les deux.

— Elles savaient, *quoi*? s'écria Sherwood.

Ronny Blade répondit aussitôt, prenant de vitesse le secrétaire du gouverneur.

— Que l'île de Huxley possède une faune et une flore entièrement originales, dépourvues de créatures dangereuses comme de plantes toxiques ou urticantes. Ces quelques dizaines de kilomètres carrés de terre constituent un véritable paradis.

— Et toi, Ronny, comment étais-tu au courant ?

Blade lui adressa un clin d'œil narquois.

— Je l'ai deviné.

— Comment ? s'enquit Red Owens.

— En faisant confiance à Sofia, tout simplement. Nous parlions de prendre des vacances. Quoi de plus naturel que nos compagnes respectives nous poussent à choisir une île enchanteresse ?

« Et celle-là, crois-moi, nous n'en ferons pas un lieu de villégiature pour touristes fortunés ! »

SAS
L'ŒIL
DE LA
VEUVE
LE ROMAN DU FILM SAS
AVEC PLUS DE 25 PHOTOS EXTRAITES DU FILM
VAUGIRARD
Un SAS hors série
95 F chez votre libraire
Le film est maintenant disponible
en vidéocassette et dans tous les vidéo-clubs

Achevé d'imprimer en octobre 1992
sur les presses de l'Imprimerie Bussière
à Saint-Amand (Cher)

— N° d'imprimeur : 2928. —
Dépôt légal : novembre 1992.

Imprimé en France